Heibonsha Library

貝殻と頭蓋骨

平凡社ライブラリー

Heibonsha Library

貝殻と頭蓋骨

澁澤龍彥

平凡社

本著作は一九七五年五月に桃源社から刊行されたものです。

目次

I

II

バビロンの架空庭園跡

クテシフォンにて

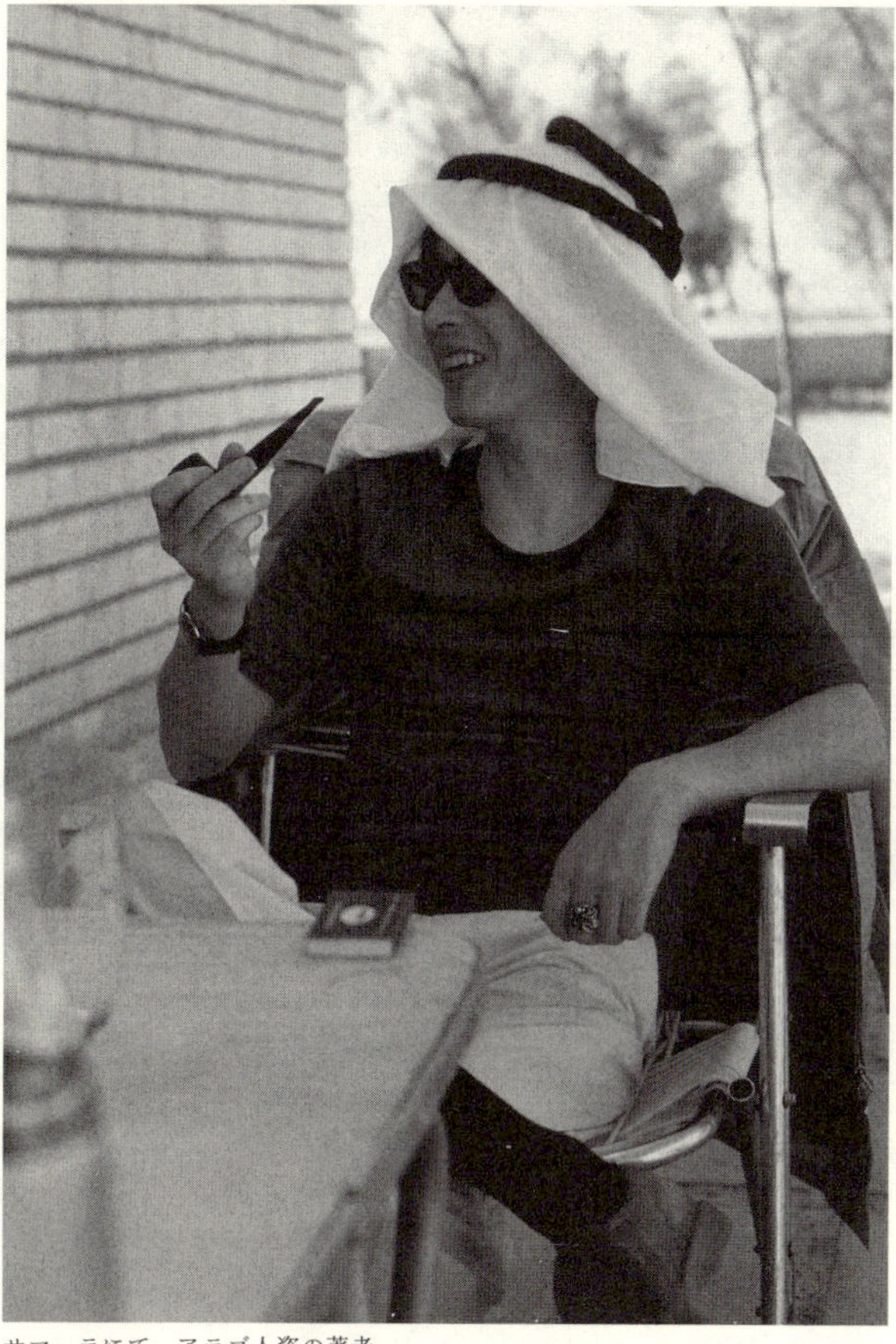

サマッラにて　アラブ人姿の著者

ペルセポリスにて

I

ビザンティンの薄明——あるいはギュスターヴ・モローの偏執

「画家として、ドラクロワは激情的でありドラマティックであった。これに反して、ギュスターヴ・モローは冷たく静的であろうと努力した。前者は動作を描き、後者は姿態を描いた。かように、芸術家としての長所においては遠くかけ離れていたが、彼らはいずれも、彼らの活躍していた二つの時代の精神的雰囲気を見事に代表している。すなわち、前者は熱狂的な行動とともにロマンティシズムの時代を代表し、後者は不毛な静観とともにデカダンスの時代を代表するのである。」

右の文章は、名著として聞えたマリオ・プラーツ教授の『ロマンティック・アゴニー』の第五章「ビザンティウム」の冒頭の文章であるが、まことに簡にして要を得た、十九世紀の二つの時代の見取り図になっていると思う。

一般に、ギュスターヴ・モローは十九世紀後半の美術史の主流から外れた、特異な傍系の画家のように見なされている傾きがあるけれども、象徴派や世紀末芸術に対する評価の急激に高まってきた現在の時点から振り返ってみるならば、必ずしも傍系とは言いがたく、むしろマリオ・プラーツの評言にもあるように、一つの時代の精神的雰囲気を最も見事に代表している画家のようにも思われてくるのである。

まず第一に、当時の自然主義や印象派の画家たちが、戸外で明るい太陽の光を研究していたのに対して、モローがひとり、密室に閉じこもって、遠く古代の神話や伝説の世界にのみ題材を求めていたということが、彼の反時代的な姿勢を証明するもののごとくに見られがちであるが、こうした傾向は多かれ少なかれ、ユイスマンスやマラルメによって代表される、世紀末の象徴派の芸術家たちに共通する姿勢であった、と考えることもできるのである。こうした傾向を、マリオ・プラーツは適切にも「ビザンティン風」と呼んだ。すなわち、「世紀末の芸術家が自分の時代と比較するのを最も好んだ古き時代は、あの長いビザンティン・ツワイライトであった」とマリオ・プラーツは述べている。

ビザンティン・ツワイライトとは何だろうか。それは文字通り、薄明の時代である。周知のように、ドラクロワは勃興するロマンティシズムの勢いにのって、古代オリエントの怪物的な専制君主サルダナパロスの豪奢な死を描いたが、世紀末の芸術家にとっては、そのような活力あふれる暴君や英雄のイメージは、もはや親しいものではなかったのである。彼らが好んだのは、むしろフローベールの『サランボー』の描写に見られるような、冷たい宝石とモザイクの金色に照らし出された、倦怠と暗鬱な光のなかに沈んだ、ビザンティン的薄明の世界だったのである。

モローの「ガラテア」や「サロメ」の図に見られるような、闇のなかにぶちまけた宝石箱のように燦然と輝いた、宝石とモザイクと螺鈿の冷たい人工的なきらめきは、当時のフランスのサンボリストたち、マラルメやグールモンやマルセル・シュオッブやアルベール・サマンなどといった詩人たちの美学にも、ぴったり一致するような性質のものだったし、フランス以外のヨーロッパの諸国にも、彼らの美学に追随する者（たとえばイタリアのダンヌンツィオの場合が典型的である）が決して少なくなかったということを記憶しておくべきだろう。

モローは夜間、ガスライトの光で絵を描いたと言われているが、かりにそれが伝説だったとしても、いかにも当時のデカダン派の芸術家の趣味にふさわしい伝説だと言うべきだろう。アンドレ・ブルトンは青年時代、提灯をもって、夜間、こっそりモロー美術館に忍びこむことをしばしば空想したと語っているが、これもまた、薄明のなかでこそ真価を発揮する、モロー芸術のビザンティン的性格を明かしたものと考えられる。たしかに、モローの好む海の底のような、洞窟の内部のような、多彩な光を内に秘めた暗鬱な絵画的空間は、金銀細工やモザイクを秘めたバジリカ会堂の内部のように、ほのかな明りによって却って、妖しい螢光を発するばかりに輝くのではあるまいかと想像される。

しばしば引用されるが、モローは自分の美学の二大原則として、「美しい無力」と「必要な豊かさ」とを挙げている。「美しい無力」とは、美しい肉体をもった男や女の、物思わしげな表情をたたえた不動のポーズであり、「必要な豊かさ」とは、幻想にみちた神話の場面を生み出すための、宝石や円柱や植物や動物をも含めた、もろもろの装飾的な要素を意味するのであろう。この二つが渾然一体となって、いわゆるビザンティン・ツワイライトの雰囲気を形成するのである。というよりも、この二つのコントラストによって、と言った方が正しいかもしれない。男や女の肉体の「美しい無力」は、極端に人工的な、硬質な宝石の輝きや虹色の反射光線、つまり「必要な豊かさ」によって、いっそう際立たせられるのである。

モローには、宝石に対する偏執、というよりも宝石によって象徴された、冷たく燃えるエロティシズムに対する偏執があったような気がする。ボードレールやマラルメにも、やはり同じような宝石愛好の気質が認められることは、よく知られていよう。肉体の自然性と宝石の人工性、軟弱なものと硬質なもの、その二つのぶつかり合いによって、いわばエロティシズムにおける一種の倒錯的な美が生ずる。モローの画中に現われる神話の女たちは、セメレーも、テスティオスの娘たちも、サロメも、ダリラも、ガラテアも、トロイのヘレネも、いずれも欲望に疲れた肉体を物憂げに、半ば斜めに横たえたポーズを示していることが多いのであるが、その倦怠にみちた裸の肉の上に交錯する宝石の冷たい輝きは、いわば一種の倒錯の美を生ぜしめずには措かないのである。こう申せばお分りであろうが、それはサド＝マゾヒスティックな印象である。

倒錯という言葉が出たついでに、ここで、モローが好んで描く男や女たちの、肉体上の顕著な特徴について語っておかなければならない。すでに多くの評家によって指摘されていることでもあるが、モローの画中における男女の肉体的特徴はきわめて曖昧で、一見したところでは、二人の恋人のうちのどちらが男で、どちらが女であるかは私たちにも判然としないのである。

一例として、一八七六年のサロンに出品された油彩の大作「ヘラクレスとレルネー沼沢地のヒュドラ」を眺めてみよう。申すまでもなく、ヘラクレスと言えば、ギリシア神話中最大の英雄であり、その隆々たる筋肉と巨軀によって、最も男性的なタイプと昔から考えられてきた人物である。それがモローの画中においては、むしろふっくらした、あまり男性的とは言えないような、優美な肉体の持主として描かれているのだ。この点については、当時の批評家もきびしく批判の筆を加えたようで、たとえば一八七六年五月の「アール」紙では、A・ボナンという筆者が次のような記事を書いている。

「このヘラクレスは、アンティノウスの胴体の上に、明るい大きな魅惑的な眼ざしをした、一個の女の顔を所有している。すらりと伸びた、円味をおびた優美な脚は、どう見ても女性的な形だとしか思えない。腕だけが、正義の鉄槌を下す人物たるにふさわしい。つまり、その腕は筋肉逞しく力強いのだが、こんな優美な肉体にそれが結びついているのでは、いささか不似合いではないだろうか。見る者は一瞬、この人物の前で判断に迷い、これは果してヘラクレスだろうか、それともアポロンだろうかと考えてしまう。しかも、この曖昧さは、英雄の武器をごてごてと飾っている装飾品、その身を美しく装っている宝石、頭の上の、まことに奇怪な月桂樹の冠りものによって、いよいよ際立たせられるのである。」

これはたしかに辛辣な批評であるが、モローの絵を眺めて私たちが感じる、平均的な印象を代弁する声だと言ってもよいだろう。

同じような女性化の徴候は、このヘラクレスばかりでなく、女の顔をした鳥を追い払っている「ステュンパロス湖畔のヘラクレス」にもはっきり認められる。いや、それればかりでなく、女性化は年とともに次第に露骨になって、ついにはすべての男の顔が、個性のない同じような優美な顔、「美しい無力」の顔になってしまうのである。ケンタウロスの肩によって運ばれる死んだ詩人、オルフェウスの顔や姿態は女性そのものであり、横たわるナルキッソスはニムフと選ぶところがない。後期の大作「アルゴ船の帰還」でも、アルゴ船にのっている白い裸体の英雄たちがことごとく、若者というよりは、まるで女のような美しさを示しているのは驚くばかりである。

逆にモローの描く女たちには、時として、明らかに男性化の徴候の認められるものがある。その最も顕著な例は、近年の名高いモロー論の筆者であるラグナル・フォン・ホルテンの挙げている、「詩人と自然」のなかのセイレーンの姿態であろう。ガラテアの住居に似た海底の洞窟のなかで、若い詩人が竪琴を傍らに、疲れ切ったような表情で、巨大なセイレーンの足もとに倒れている。この詩人の頭に手をふれているセイレーンの腹部は、女性のものとしてはふくらみに欠けているばかりか、男性のそれのように筋肉質なのである。この象徴的な絵は、一時期のレオノール・フィニーのスフィンクスと青年を扱った絵のように、邪悪な女性の優位をはっきりと示した、男性の側から見れば明らかにマゾヒスティックな構図のものと言うことができよう。

同じように筋肉質の腹部を見せた、いちじるしく男性化した女の例としては、ユイスマンスが『さかしま』のなかに採りあげた、あの名高い「出現」（水彩）のなかの踊るサロメがある。「胸当てと帯のあいだに見える素肌の腹は」とユイスマンスが書いている、「臍のくぼみを刻んで大きく張り出している。臍の孔は、乳色と薔薇色の縞瑪瑙を彫り刻んだ小さな印章のようだ」と。そう言えば、日本の大原美術館にある水彩の「雅歌」の女も、踊るサロメに似て、どことなく男っぽいような感じがしないだろうか。

このようなモローの絵の特質について、マリオ・プラーツは次のように述べている。「恋人たちはあたかも近親者のようであり、兄弟たちはあたかも恋人のようである。男は処女の顔をもち、処女は若者の顔をもつ。神と悪魔のシンボルはからみ合い、曖昧にごっちゃになる。さまざまな年齢、セックス、タイプのあいだには、際立った相違が全く存しないのである。したがって、こうした絵画の基本的な意味は近親相姦であり、その最も崇高な表象はアンドロギュヌスであり、その究極の言葉は不毛性なのである。」（『ロマンティック・アゴニー』）

男性が女性化し、女性が男性化するモローの絵画的世界には、したがって、マリオ・プラーツの指摘するように、明らかにアンドロギュヌスの原理、ヘルマフロディズムの原理が支配していると考えられよう。ところで、申すまでもなく、ヘルマフロディズムの原理は十九世紀末デカダン派の芸術家たち、あのジョゼファン・ペラダンやジャン・ロランや、あるいは英国のスウィンバーンやラファエルロ前派の画家たちの、最も愛好する観念の一つだったのである。この点においても、モローは一つの時代の精神的雰囲気を見事に代表していると称してよかろう。あのユイスマンスが、デカダンスの聖書とも言われた一代の奇作『さかしま』のなかで、主人公デ・ゼッサントをして、いちはやくモローの芸術を精緻に分析させているのも、こうしてみると、理由のないことではなかったのである。

ユイスマンスはモローの「サロメ」のなかに、マリオ・プラーツのいわゆる「宿命の女」、つまり、その本能によって悪や死の化身となり、男を破滅にみちびく魔性の女の典型を見ているようである。

『さかしま』の作家の名文を、次に引用してみよう。

「聖書の中のあらゆる既知の条件からはみ出すような想像力によって描かれた、このギュスターヴ・モローの作品に、デ・ゼッサントは要するに、彼が永いこと夢みていた超人間的な、霊妙な、あのサロメの実現された姿を見るのであった。彼女はもはや、淫猥に腰をひねって老人に欲望と発情の叫びを発せしめる、単なる女軽業師でもなければ、乳房を波打たせたり腰を揺すったり臀を震わせたりして、王の精力を涸らし決断力を鈍らせる、単なる女大道芸人でもなかった。彼女はいわば不滅の《淫蕩》の象徴的な女神、不朽の《ヒステリー》の女神、呪われた《美》の女神となったのである。その肉を堅くし筋肉を強張らせたカタレプシーによって、彼女はすべての女たちの中から特に選ばれたのである。古代のヘレネのように、近づく者、見る者、触れる者すべてに毒をあたえる、無頓着な、無関心な、無責任な、怪物のような《女獣》なのである。」

ヘルマフロディズムの覆いがたい支配によって、男性対女性の肉体的な差異は能う限り稀薄化しているとはいえ、モローの気に入りのテーマは終始一貫、女性の美のなかに具現した悪と死のそれである。女性はモローにとって、つねに危険なもの、禍々しいものの化身なのである。母親コンプレックスから脱け出ることができず、生涯独身を通したモローの女嫌いはよく知られており、彼にホモセクシュアルの傾向があったらしいことも、多くの証言によってほぼ確実と見られているが、そうした実生活上のことは、ここでは取り立てて問題とする必要はあるまい。それよりも、画家自身によって「悪魔的なデカメロン」と副題をつけられた、「キマイラ（シメール）」と呼ばれる未完の作品（油彩）の自註において展開される、いわば彼の女哲学ともいうべきものに耳を傾けるべきだろう。

「この幻想的な夢の島には、女の情欲、気まぐれ、浮気心のあらゆる形態が揃っている。女とは、その本質において無自覚の存在なのであり、未知なるものや神秘に夢中になり、邪悪な悪魔的な美しい姿となって、悪に心を奪われる存在なのである。子供の夢、官能の夢、異常な夢、メランコリックな夢、精神と魂とを漠とした空間へ、暗闇の神秘へ運んでゆく夢。こうしたすべての夢が、七つの大罪を犯させる原動力となっているはずなのであり、こうした夢が、この悪魔的な囲いの中に、この悪徳と罪の熱情のサークルの中に、ことごとく見出されるのである。」

さて、この「キマイラ」という細密画風な未完の作品を仔細に眺めてみると、そこにはあらゆる種類の倒錯的な悪徳にふける神話の女たち、聖書の女たちが発見される。すなわち、画面の左手には、牡牛を愛するパシファエがあり、その斜め右下には、一角獣と女のカップルが見つかる。中央の遠景には、牡山羊にまたがる淫蕩の罪の女があり、その左手のゴシック教会堂の門の前には、聖書に出てくる「愚かな処女たち」が並んでいる。画面の右手には、傲慢の象徴である一匹の孔雀も見える。そして、これらの数多の悪徳の女たちのあいだに、さまざまな異様な姿をした、獣や鳥の怪物がうようよと群がっているのであるが、それらの怪物は一匹残らず、女の顔をしているのである。キマイラとは言うまでもなく、これらの女怪を指しているのであろう。

ユイスマンスがサロメについて言ったように、画家モローの固定観念となっていた女のイメージは、「怪物のような《女獣》」のそれだったようだ。そういう見地に立って眺めてみれば、モローが何度も題材にした気に入りの女たちは、その美しさによってトロイ戦争の原因となったヘレネも、サムソンを迷わせたダリラも、一眼巨人ポリュフェモスの恋を笑ったガラテアも、獣姦の罪におちいるパシファエも、邪悪なマクベス夫人も、セイレーンや妖精たちも、ことごとく同じタイプの女であり、ことごとく一種の女獣にほかならない、と言えば言えないこともないであろう。

モローは一八六四年、名高い「オイディプースとスフィンクス」によって、初めてサロンにおける名声を確立したが、この女の顔をした怪物スフィンクスこそ、のちに彼の固定観念となった、すべての女獣の原型だったのかもしれない。周知のように、スフィンクスもまた、「宿命の女」に憑かれていた世紀末デカダン派の芸術家たちの気に入りのイメージの一つであって、私たちはこれをドイツの画家フランツ・フォン・シュトゥックの諸作品や、英国のオスカー・ワイルドの長詩のなかに容易に再発見することができるのである。

モローの「オイディプースとスフィンクス」は、直接には先輩アングルの同名の作品（一八〇八年）から霊感を得たものにちがいあるまいが、むろん、その絵のあらわす象徴的な意味は、作者の気質によって大きく改変させられている。何よりも、美しく尊大な顔をした女怪が、翼のはえた猫のような姿態をくねらせて、未来のテーバイの王たる若者の胸に鋭い爪を立て、突き出た豊満な乳房を挑戦的に押しつけているという点が、アングルの絵とくらべた場合の大きな違いであろう。ここでは、スフィンクスは猛々しい「宿命の女」のヴァリエーションなのであり、青年オイディプースはむしろ「美しい無力」を代表する者でしかないのである。ちなみに、この瞑想的な青年オイディプースを、テオフィル・ゴーティエが「ギリシアのハムレット」と呼んだというエピソードは面白い。

モローはその後も、いわばスフィンクス・シリーズともいうべき作品を描きつづけるが、たとえばそのなかの一枚、一八八六年にグーピル画廊に出品された水彩「勝利のスフィンクス」のごときは、血まみれの男たちの屍体の累々と重なる岩山の上に坐して、一匹の女怪が誇らかに、二枚の翼を逆立てているというシーンなのである。モローのエロティシズムの構図における男と女の対決では、邪悪で残忍な女獣の方が必ず勝利を博し、無垢で無力な青年の方がきまって敗北を喫するもののごとくである。油彩「死の前の平等」も、ほぼ同じ主題を扱ったもので、ここでは女獣は死の女神と同一視されているらしい。

さらに、この「勝利のスフィンクス」および「死の前の平等」とよく似た象徴的主題の絵には、画家の最後のサロン出品作品（一八八〇年）となった、油彩「トロイの城壁に立つヘレネ」がある。美女ヘレネは片手に花をもち、冷たい表情をたたえて、城壁の上に凝然と立ちつくしているが、すぐその足の下には、矢を射こまれ、折り重なって打ち倒れた兵士たちの無残な屍体が見えるのだ。ここでは、美女は同時に死の女神なのであろうか。

ここまで見てくれば、画家ギュスターヴ・モローの絵画制作のひそかな動機に、芸術的に昇華された一種のマゾヒスティックな衝動がはたらいていたことは、もはやほとんど疑問の余地があるまい。残酷美と苦悩愛好のビザンティン的精神が、画家の死後、国家に遺贈されたアトリエの壁にびっしり並べられた、大小とりどりのカンヴァスの上で、未だに生ま生ましく脈打っているのである。書き忘れたが、モローは近代画家として、「聖セバスティアン」の殉教図を何枚も描いた、まことに稀有なる芸術家というべきなのだ。モロー以外に、私は浅学にして、そういう近代芸術家の例を知らないのである。

おそらく、肉欲の伴わない芸術的衝動は、真の個性とはなり得ないにちがいない。それと同じように、一つの時代の精神的雰囲気を代表するためには、その時代に徹底的に背を向けて、みずからの宇宙に沈潜する必要があるらしいのである。よしんば、それが光り輝く一個の宝石に対する愛着であったとしても、である。

キリコ、反近代主義の亡霊

ジョルジオ・デ・キリコは不思議な画家である。かつて絵画の歴史に、こういうタイプの画家があったかどうか、ちょっと私には考えられないほど、不思議なタイプの画家だという気がする。というのは、キリコはすでに八十歳の半ばを過ぎ、今なお旺盛な制作意欲を示しており、現に今度の鎌倉の近代美術館の展覧会にも、一九七三年の日付をもつ最新の作品が数点も出品されているというのに、一般の美術史において、高い評価をあたえられている彼の作品は、ことごとく、画家の二十歳台の作品、つまり厳密に言うならば、一九一〇年から一九一八年までの短期間の作品に限られているからである。二十歳台の頃に確立された巨匠としての名声を保ちながら、その後の五十年間、少なくとも美術史の上では、あたかも亡霊のように生きてきたのがキリコという画家であろう。これは稀有なことではなかろうか。

では、一九一八年以後のキリコは、果して多くの批評家が一致して認めているように、見るに堪えない空虚な俗悪な作品しか生み出してはいなかったのだろうか。自己の過去を激しく否定し、自然と伝統への復帰を誇らかに宣言した、三十歳以後の傲岸な反近代主義者たるキリコは、果して美術史の上では死んだも同然の存在だったのだろうか。——じつのところ、今度の展覧会に寄せる私の興味の大半は、この点にあったと言っても差支えないほどだった。そして展覧会を見終った今、私の感慨はきわめて複雑なのである。

たしかに、一九六〇年以降の最近のキリコの衰弱ぶりたるや、悲惨というか滑稽というか、まさに目を覆わしむるものがあるようだ。キリコだから見ていられるので、キリコでなければ、とても私たちにはまともに見てはいられまい。かつての「イタリアの回想」時代や「マヌカン」時代に見られたような、あの若き日のキリコ独特のマティエール、平塗りの輝やくような、しかも重く沈んだ緑や赤の色彩の効果はすべて消え失せて、最近の画面には、薄い黄色や褐色で彩られた、いかにも鈍り切った、稚拙な子供のような線描しか見られないのである。一目見て気がつくのが、このマティエールの相違であろう。それに自己模倣と言うのだろうか、黄金時代の自作のそれと全く変らぬモティーフの作品を、ふたたび麗々しく発表しているのも解せない心理と言わねばなるまい。後年になって新たに加わった要素と言えば、イオニア式の円柱の柱頭装飾のような、長く伸びた奇妙な渦巻くらいのものであろう。この渦巻ばかりがやたらに目につくのである。

たとえば、「エブドメロスの出発」とか「白鳥」とか「神秘的な浴場の午後」とかいった、偏執的な波の表現を示した一九五八年、および一九六八年の作品群は、なにか精神薄弱者の絵を思わせるし、「広場に映える太陽」とか、「神秘的な情景」とか、「形而上的室内の死んだ太陽」とかいった、黄色い太陽や黒い太陽を描いた一九七一年の作品群は、まるでホアン・ミロの太陽を盗んできたもののようにも見える。力弱く、衰弱した印象が覆いがたいのである。

それとは別の系列に属するもので、ロマン主義時代の神話を主題とした絵画を思わせる、ベラスケス風の太い筆触で描き出した、海岸における馬の図や裸婦の図もある。私には、これも感心しないものだった。明らかに、ここには若き日のキリコが熱中したドイツ・ロマン主義絵画の影響、とりわけてアルノルト・ベックリンの思い出が見てとれる。「ルッジエーロとアンジェリカ」は、ベックリンも採りあげたことのある主題であり、ベックリンを俗悪にしたような絵だとしか言いようがない。みずからルネサンスに還ると称しながら、キリコは必ずしも古典様式にまでは遡行しなかったものとおぼしい。結局のところ、通俗ロマン主義にとどまったのである。観光絵葉書のようなヴェネツィア風景、サン・ジョルジオ島やリアルト橋の風景にいたっては、また何をか言わんやであろう。

私は前に、キリコだから見ていられるので、キリコでなければとても見るに堪えない、と書いたけれども、これは決して言葉だけのことではなく、実感なのである。見れば見るほど、実質はとうに空洞化し、ただおのれの倨傲のみでふくれあがった、芸術家というものの栄光と悲惨が、こちらの身にも惻々と迫ってくるような気がするのである。言葉を弄する芸術家であるところの文学者には、こういう例が往々にしてないとは言えないが、メティエがそのまま思想であるところの画家には、このキリコの場合におけるような例はきわめて珍らしい。あえて言うならば、このキリコの頽落ぶり、衰弱ぶりは、なにか私たちを甘美な思いに誘いこむほどのものなのだ。芸術家の内面の空虚が、これほど見事に、これほど堂々と、さらけ出された例がこれまでにあったであろうか。さよう、まさに「堂々と」という言葉にふさわしい、それは王者の頽落ぶりなのである。

晩年のピカソの展覧会は、私を少しも感動させることがなかったが、このキリコの八十五歳の展覧会には、私は文句なく感動したのである。

不思議なもので、芸術家の生涯というものは、いつも彼自身の芸術の比喩になっているらしいのだ。ピカソの場合もデュシャンの場合も、さらにダリの場合もそうである。見方によれば、キリコの芸術活動は若年から最晩年まで、つねに首尾一貫していたと言える。キリコは若い頃から好んでノスタルジアを表現していたが、ついに彼自身が亡霊となって、一個の不滅のノスタルジアと化したのだ。亡霊ほどノスタルジックな存在はあるまい。かつてアポリネールとアンドレ・ブルトンを驚かせ、二十世紀初頭の前衛美術運動に革命的な衝撃をあたえた、このエスプリ・ヌーヴォーの亡霊は、現在では、ローマのスペイン広場に近い豪華な邸宅にひっそりと住んでいるという。

一言をもってするならば、キリコの若年の超現実主義的絵画というのも、一種のノスタルジアの組織的な表現ではなかったろうかと私は考えている。

ここで、しばらくキリコの晩年を離れて、その黄金時代を回想してみよう。今度の展覧会には、キリコの黄金時代たる一九一〇年代の作品は一点もなく（「母の像」というのがあるが、これは彼の主要な作ではない）、わずかに一九二〇年代の作品が三点数えられるにすぎないが、やはり初期の作品は図抜けて良いように思う。

キリコは自分でも書いているように、心理学でデジャ・ヴュ（既視感）と呼ばれる体験を、若い頃からしばしば味わったことがあるらしい。たとえば、ある冬の午後、初めて訪れたヴェルサイユ宮殿の中庭で、キリコは次のような体験を味わう。「宮殿は私が想像していた通りだった。それはこんな風でなければならず、違っているはずはない、という予感を私はもっていた。眼に見えぬ輪が事物を結びつけており、その瞬間、私がすでにこの宮殿を見たことがあるか、この宮殿がかつて、どこかにすでに存在したことがあるような気がした。」

またベックリンの絵について、キリコは次のように述べている。「ベックリンの作品はどれも、いつどこでかは分らないが、前に一度会ったような気のする未知の人の前に私たちがいるとき、あるいはまた、初めてある都市に足を踏み入れて、ある広場や道路や家を見て、そこに一度きたことがあるように思うとき、私たちが感じるような驚きと動揺をあたえる。」

これらはいずれもデジャ・ヴュ体験の告白であり、デジャ・ヴュ体験の呼び起す情緒は、もっぱらノスタルジアであるから、ほかならぬデジャ・ヴュ体験を基礎としたキリコの芸術は、もっぱらノスタルジアの組織化ということになるのではあるまいか、と私は考える。キリコはノスタルジアを暖めて、自分の芸術の養分としたのである。

どんな芸術家の場合でも、その幼時体験が大きな意味をもっているのは明らかであろうが、キリコの場合、それは特別に大きな意味をもっている。それは潜在意識などというようなものではなくて、デジャ・ヴュ体験として、いつでも意識の表面に噴出してくるほど強烈なものだった。だから、彼は一般のシュルレアリストのように、まわりくどいシンボルなどを少しも用いず、ただ自分の体験のなかから浮び上ってきた具体的なイメージのみを寄せ集めて、一つの世界を構築するのである。その謎のような世界を眺めて、今度は私たちがふたたびデジャ・ヴュ体験を味わうことになるというわけだ。

キリコの絵によく出てくるイタリアの諸都市の広場の情景には、彼が実際、母や弟とともに転々と移り住んだヴェネツィア、ミラノ、フィレンツェ、トリノ、フェラーラなどの思い出が反映しているはずであるが、また彼が青年時代に耽読した、ニーチェの影響も見逃せないようである。周知のように、ニーチェは狂気の晩年をトリノで過ごし、この古い北イタリアの中世都市を愛したのだった。「ニーチェが発見したのは、気分（ドイツ語のシュティンムンク）に基づいた不思議な深遠な詩情、神秘的で無限な孤独であった」とキリコは書いている、「それは空が澄みわたり、太陽が低く沈みかけるので、影が夏よりも長くなる、秋の午後の気分に基づいている」と。

右の言葉は、おそらくキリコの芸術を解く一つの鍵であろうと思う。ニーチェと同様、キリコもまた、「晴れた秋のイタリアの街の午後の憂愁」（ニーチェのトリノから妹宛ての手紙）を愛したにちがいないのである。長く影の伸びたアーケード、広場、彫像、塔、――これらがキリコ的世界を形づくる基本的な道具立てであることは、誰しも知っていよう。これがキリコの独特の「イタリア回想」なのである。後にはこれに、煙を吐いて地平線を横ぎる汽車（鉄道技師であった父の思い出が結びついている）、工場の煙突、卵形の頭部をしたマヌカンなどの要素が加わる。マヌカンはさらに室内へ移って、手袋、ビスケット、三角定規、その他多くのオブジェとともに、いわゆる「形而上的室内」のシリーズ（一九一五年以後）を形づくる要素となる。今度の展覧会にも、かつての「形而上的室内」の模造品のような、最近の作品が何点か展示されていたのに気づかれた読者もあろう。

キリコの創始したイタリアの都市の幻想的な広場の風景や、卵形の頭部をした奇妙なマヌカンは、後のシュルレアリストたちに絶大な影響を及ぼしたように思われる。私たちはマグリット、デルヴォー、ダリなどが、やはりキリコの広場と同じような雰囲気の、がらんとした石畳の広場やアーケードをしばしば好んで描き出すのを知っている。それは世界の破滅の前の、不安と期待に凝固したような、胸苦しい猶予の時間をあらわした雰囲気である。一方、マヌカンは、不毛な愛を表現するために、ほとんどすべてのシュルレアリストが利用したところのオブジェだった。二十世紀の開幕と同時に、キリコはまず、この世紀の不吉な美学を啓示したのである。

実際、遠近法の魔術を素朴に利用した、しんと静まり返ったキリコ的風景の中にみなぎっているのは、一種の期待の感情と言ってもよいであろう。何かが起る、起らねばならない、と私たちは胸苦しい思いとともに考えるのである。それが起ってしまったら、すべては取返しがつかないことになろうが、それでも、やがてそれは起るにちがいない。そうでなければ、この空虚の世界は、いつまでたっても完成されないのだ……夢の中のような、もどかしい焦燥感とともに、私たちはつい、こんなことを考えてしまうのである。近づく破滅を前にした、不安にみちた猶予の雰囲気、これがキリコ的世界の魅惑である。不安と混り合った、奇妙に甘美な情緒である。そもそもノスタルジアとは、こんな心の動きに基づいた情緒ではないだろうか。

マグリットのあっけらかんとした、白い雲の浮かんだ透明な青空とは違って、しかも、キリコの終末の世界の空は、前にも述べたように、平塗りの輝くような、暗鬱なパセティックな色彩によって重々しく塗りつぶされている。緑も、青も、褐色も、赤も、キリコの画面では、くすんで重く沈んでいるのである。ぎらぎらした金属的な色、鈍く光る甲冑の色のように見えないこともない。この悲劇的な、いわばニーチェ的な色調が、キリコの絵に独特な気品をあたえていることも見逃すべきではなかろう。ダダイストや未来派の軽い絵とは違って、黄金時代のキリコの絵は重いのである。そして私の好きなキリコも、こうした重々しく悲劇的なキリコだということを申し添えておかなければならぬ。

キリコの一九一〇年以後の「イタリア回想」シリーズについて、現代フランスの詩人アンドレ・ピエール・ド・マンディアルグは、「その起源がゲルマン的でもあり、また地中海的でもある、奇妙な一種のノスタルジアにみちみちたもの」と称したが、これは私が前に述べた印象を、短かい言葉のうちに的確に要約したものと言うことができる。地中海的というのは、おそらくピエロ・デラ・フランチェスカやウッチェロなどを思わせる、遠近法に基づいた画面の厳格な幾何学的構成を指しているのであろう。ゲルマン的というのは、ニーチェやベックリンから受け継いだロマン主義的、悲劇的情緒であろう。色彩と幾何学によって、キリコはこの二つの異質なものを統一したのである。

それにつけても残念至極なのは、転向後のキリコの作品から、かつてのキリコをキリコたらしめていたところの、この悲劇の情緒とノスタルジアとが完全に脱け落ちてしまったということであろう。薄い彩色の模造品からは、この懐かしい情緒は生まれてこないのだ。むしろ作者が意識的にベックリンの模倣をした、ロマン主義的神話の主題の絵の方に、古色蒼然たるものではありながら、ゲルマン的ノスタルジアがまだ生きていると言い得るかもしれない。そういう目で眺め直してみるならば、ごてごてした「ルッジエーロとアンジェリカ」の大作も、また違った魅力をあらわすものとなるかもしれない。

キリコは若年から、好んで自画像を描く画家だった。私は一九二四年の、片手を意味ありげに拡げた、ちょっとキリストを思わせるような、沈鬱な顔をしたキリコの壮年の自画像を愛しているが、今度の展覧会にも、それとは別の、四点ばかりの老年の自画像が出品されていたようである。そのなかで、「青い衣服を着た自画像」(一九四七年)および「十七世紀の衣服を着た自画像」(一九四八年)という二点に、とりわけ私は注意を惹かれた。近代絵画の一切を否定する、倨傲な自信に裏打ちされた、堂々たる芸術家の表情を私はそこに見たのである。ただ、この芸術家の着ている衣裳は、羽根飾りの帽子とともに、時代遅れのバロック貴族の衣裳にほかならなかった。キリコは自分の役割を知っているのかもしれない、と私は思ったことである。

幻想美術とは何か

文学の領域におけると同じく美術のそれにおいても、ファンタスティック（幻想）のカテゴリーは数限りなく、論者によって、どこに重点を置くべきか、どこまでに範囲を限定すべきかは、かなり大きく食い違ってこざるを得ない事情があるようである。かりに幻想の概念規定を能う限り厳密に行なったとしても、具体的な作品を例示する場合には、やはり論者の好悪や趣味が否応なく前面に押し出されてくるだろうからである。

さらにまた、近年では、心理学や考古学や文化人類学の流行とともに、幻想美術の目録のなかに、純粋な絵画作品と並べて、それらの諸学問の考証資料をも組み入れようという風潮を見るにいたっている。たとえば、ルネ・ド・ソリエの『幻想美術』（一九六一年）には、ロマネスクの彫刻やギリシアの貨幣や、タロック・カードや錬金術の寓意画や、護符の刻み石やメキシコの陶器のようなものまで収録されているし、クロード・ロワの『幻想美術』

（一九六〇年）でも、ニューギニアの仮面だのアフリカの象牙彫刻だの、アフガニスタンの木像だのメキシコの寺院装飾だのといった、ヨーロッパ以外の大陸における民族誌の資料が大きな比重を占めている。後者には、さらに絵葉書だとか精神分裂病者の絵だとか、子供の絵だとか落書きだとかいった、心理学や風俗資料に属するものさえ含まれている。ブルトンの『魔術的芸術』（一九五七年）にも、おびただしい未開民族の彫刻や仮面とともに、この著者の独特な審美学によって、錬金術や占星術の寓意画が多く採り入れられているし、また注目すべきは、古典的な映画のスティールが幾つか付け加えられていることであろう。

このような幻想美術の概念の拡張は、美術史の定型を破ろうとする意欲的な論者にとっては必然的であろうし、私としても、大いにこれに賛同したいところではある。しかし一方、ロジェ・カイヨワのような少々気むずかしい著者とともに、幻想美術の最も本質的な核となるものは何か、ということを考えてもみたいし、今日、漠然と幻想美術と呼ばれているものの曖昧な境界線を、それによって明確にしてみたいとも思うのである。イマジネール（想像的）なものがすべて幻想的だということになれば、ヴィレンドルフのヴィーナスからポップ・アートまで、およそ写真的リアリズムから少しでも遠ざかったものは、ことごとく「幻想」の範疇に叩きこまれてしまうことにもなりかねまい。むしろ幻想的でない作品を探す方が困難だ、ということにもなろう。いったい、幻想とは単に反リアリズムの同義語にすぎないのであろうか。

大方の読者は意外に思うであろうが、名著『遊びと人間』によって日本でも広く知られている哲学者のロジェ・カイヨワは、あの「組み合わされた顔」の画家、幻想画家のなかでも最も奇矯な画家と目されている十六世紀イタリアのアルチンボルドを、自分の考える幻想美術の領土から追放しているのである（『幻想の中心にて』一九六五年）。理由は、アルチンボルドの芸術が、単に遊びのための遊びであって、その人目を驚かす技巧も、ただ型にはまった、機械的なものにすぎないからである。女のヌードを組み合わせて、ナポレオン三世の顔を構成した十九世紀の通俗画家の技巧と、それは本質的に変らないからである。

さらに驚くべきは、カイヨワがヨーロッパの美術史上最大の幻想画家ともいうべき、あのフランドルの巨匠ヒエロニムス・ボッシュをも、その幻想美術の領土からあえて放逐せんとしていることであろう。すなわち、ボッシュの世界においては、どの細部も驚くべき創意にあふれ、ありとあらゆる驚異が寄せ集められてはいるけれども、遺憾ながら、それらの寄せ集められた驚異が一つの統一を形づくってしまう、というのである。反世界には反世界なりに、一定の法則が支配していて、たとえば人間の引っぱる車に牛が乗っているとか、川の岸で魚が人間を釣っているとかいった、あたかも素朴な裏返しの世界の絵草紙を見るようであり、そういう秩序立った、安定した、等質の世界では、不安とか奇妙な感じとかは消えてしまう。なぜなら、「幻想は、経験や理性が承認することのできないスキャンダルとして現われた場合にのみ、幻想の名に値する」からである。

そう言われてみれば、たしかにボッシュの世界には、中世的な童話の雰囲気があまねく支配しており、宇宙の統一性を破壊して、恐怖や不安の感情を惹起する、不条理な現実の裂け目はどこにも見当らないような気がする。——しかし、だからといって、私には、カイヨワのように、ボッシュを幻想絵画の系譜からあっさり外してしまうことには、依然として多大の心残りを感じないわけには行かない、と申し添えておこう。これは、ひとえに幻想美術の境界線をどこに引くべきか、という問題に帰着することのようである。また、カイヨワのように、幻想的なものをスキャンダルとしてのみ眺めず、薔薇色の幻想なる概念の存立する余地をも認めるならば、事情はおのずから違ってくるにちがいない。

カイヨワの意見では、幻想美術の範囲決定に関して最も寛大な人は、アルチンボルドまで受け容れるであろうし、最もきびしい制限を設ける人は、ボッシュをすら拒否するであろう。寛大の限界がアルチンボルドで、きびしさの限界がボッシュだというのである。——さて、それでは、たとえば二十世紀のシュルレアリスムなどは、カイヨワ流の幻想美術の観点から見て、いかに評価されるべきものなのであろうか。まあ、しばらく待っていただきたい。もう少し順序立てて、この著者の論旨の要点を追ってみることにしよう。

絵画に現われた幻想の感覚は、必ずしも画家の意図、作品の主題とは関係がない、とカイヨワは言う。そして、そのことを証明するために、作品の主題を画家の送る一つのメッセージと見なして、次の四つの場合を細かく検討するのである。

一、メッセージが送り手にも受け手にも明瞭である場合。

大部分の絵画がこれに当る。「ナポレオンの戴冠式」とか「最後の晩餐」とか「晩鐘」とか「草上の食事」とかであり、歴史画、肖像画、風景画、静物画などのあらゆるジャンルを含む。一見、ここには幻想の感覚の生じる余地は全くないようであるが、作者の知らぬ間に、作者の意図を越えて、それが画面に滲み出し、眺める者も、なぜこんな奇妙な印象を受けるのか、ついに理解し得ないような場合がある。

二、メッセージが送り手には明瞭であるが、受け手には難解である場合。カイヨワは例を二点ばかり挙げている。

「ナポレオンの戴冠式」も「最後の晩餐」も、パプア土人やホッテントットにとっては意味が解らず、途方に暮れるばかりだろう。それと同様に、ある種の宗教や秘密結社の風俗を描いた絵は、この宗教に属さない者には幻想的に見えることがあり、ラモン・ルルやジョルダノ・ブルーノが作成した、聖書の複雑な章句を思い出すための、奇抜な図形を組み合せた「記憶術」のデッサンも、これを解く鍵を知らない者には幻想的に見える。錬金術書の挿絵も、その寓意を伝達するよりは、むしろ故意に曖昧にするために描かれているような節があるので、いやが上にも幻想の感覚がそこに加わる。

三、メッセージが作者には不分明であるが、目のきく鑑賞者には解し得る場合。

こういう場合は限られている。作者が催眠状態で、あるいは半ば無意識で、あるいは抑えがたい衝動によって、何らかのヴィジョンや幻覚のイメージを表現した場合である。オディロン・ルドンの作品に頻出する目玉や蜘蛛や、モンス・デシデリオの作品に執拗に現われる廃墟や爆発のイメージは、彼らの潜在意識にその原因を認め得るかもしれない。心理学者ならば、本人にも分らない意味を解することが可能であろう。精神分裂病者の絵や、夢からインスピレーションを汲んだ絵なども、こうして同じように専門家によって解釈される可能性がある。

四、メッセージが送り手にも受け手にも不分明である場合。

やむを得ず不分明にしか表現し得なかったのか、それとも故意に曖昧にしているのかによって、大いに異なる二つの場合が考えられるであろう。「黙示録」やあらゆる予言の書は、好んで謎のような形式で語るし、やがて将来に事件が起らなければ、予言の意味は決して十分に闡明されないのだから、これに挿絵を描く画家も、謎を謎のままに表現する以外に道がなかろう。これはやむを得ない場合である。パラケルススの『予測の書』の挿絵などが、これに当る。

一方、主題となるべきテキストもなく、夢や催眠状態の衝迫もなく、画家がただ漠然とした一つの雰囲気、自分でも理由が分らぬながら、ある強い情緒を感じている一つの雰囲気を、漠然としたままの状態で表現しようと志す場合がある。そういうとき、彼は自分の印象を伝達しようと努めながら、鑑賞者も自分と同じように、漠然とした、神秘的な、謎のような不安の情緒を解してくれればよいと思う。説明したいけれども説明できない、永遠の期待によって新鮮に保たれるところの情緒である。もし説明されてしまえば、この情緒の言うに言われぬ魅力も薄れてしまうにちがいない。ところで、こうなると、知らず識らず画家の内心に、説明されては困るという強迫観念が生じ、鑑賞者の安易な説明の先手を打つために、わざと難解なイメージによって防備を固めようという傾向が生じはしないだろうか。つまり、解答のできるだけ困難な質問を用意し、あらかじめ一切の解決を除き去り、誰にも近づき得ないような、複雑にこんぐらかった内容を故意に提示するという傾向である。

これは、甚だ皮肉であるが、カイヨワが俗流シュルレアリストの方法を頭に置いて、あげつらっている文章なのである。「いかなる場合にも解明の端緒をあたえ得ないような、ある種のイメージを創造しようと努力する芸術家」と彼は書いている。「作者が驚かせようとして描いたのが分り切っているような作品の前では、習慣によって、あるいは挨拶のような気持で、驚いてやる以外に手はない」とも彼は述べている。このようなこけおどしの作品を「既定方針の幻想」と呼んで、彼はその著書から厳重に排除するように心がけてもいるのである。

幻想が成立するためには、画家の意図とは関係のない（つまり「既定方針」ではない）自然に溢れ出てくるような、何物かが必要のようである。遊びや賭けや美学の結果ではなく、いわば障害を乗り越えて現われてくるもの、芸術家の共犯あるいは仲介により、ほとんど芸術家のインスピレーションと手とを強制して（極端な場合には芸術家自身さえ気のつかぬうちに）現われてくるもの、それが幻想の感覚というものであろう。繰り返すが、カイヨワにとって幻想とは、何よりもまず「不安」であり、「裂け目」なのである。

そういう見地に立って眺めるとき、いわゆる幻想美術史のレパートリーに名前をつらねるお馴染みの巨匠たちが、果して何人残り得るであろうか、という気がしなくもない。イタリアでは、パオロ・ウッチェルロ、ピエロ・ディ・コシモ、ブラチェルリ、ジョヴァンニ・ベルリーニ、ピラネージが及第。ドイツおよび周辺では、デューラー、グリュネワルト、ションガウアー、ハンス・バルドゥンク、クラナッハ、ウルス・グラーフ、アルトドルファー、マヌエル・ドイッチュが及第。フランドルでは、ボッシュの一部作品とブリューゲル。フランスでは、ジャック・カロとアントワヌ・カロン。その他はモンス・デシデリオ、ゴヤ、ブレイク、フュスリ、ムンクが及第。象徴派ではギュスターヴ・モローとオディロン・ルドン。そして超現実派ではダリ、エルンスト、キリコ、フィニーが辛くも及第といったところで、アンリ・ルソーは残念ながら落ちるであろう。もっとも、作者の意図は関係がないという立場を推し進めれば、幻想作品は画家本位ではなく、むしろ作品本位に選ぶのが本筋であるかもしれない。――お断わりしておくが、むろん、私は必ずしもカイヨワ氏と意見を同じくする者ではない。ただ、一つの厳格な考え方の見本として、彼の首尾一貫した論理を、ごく簡単にご紹介したまでの話である。

もう一つ、幻想美術は多くの場合、明らかに何かを語ろうとしているという意味で、文学的絵画の同義語になるということを、ぜひともここに強調しておきたいと思う。よしんば曖味であろうとも、無意識であろうとも、とにかく幻想美術の作者は、私たちに対して一つのメッセージを発するのである。このメッセージはイメージから出来ており、それは詩人や小説家の用いる文字の役割にひとしいだろう。幻想美術は反リアリズムの基盤に立っているが、最後まで現実から完全には解放されず、純粋抽象の形体と色彩の海のなかに、そのメッセージを拡散し見失ってしまうことは決してないのである。ルイ・ヴァックスが巧みに述べているように、「幻想のモメントとは、想像力が現実を侵蝕し腐敗させるべく、ひそかに心をくだくところのモメントなのである。」

リアリズムが神だとするならば、たぶん、幻想芸術は神の猿、すなわち悪魔であろう。このアナロジーも、ルイ・ヴァックスから借りたものにほかならないが、幻想という悪魔は、リアリズムのように「強力で健康な生命を生み出すことはできないけれども、その生命を堕落させる力をもっている」のである。悪魔は「問いかける者」であり、「否定する者」であり、世界破壊の原理であり、不安の精神である。一口に言えば、それはスキャンダルである。もし薔薇色の天使的な幻想をも認めようとするならば、かつて輝く明星であったところのルシフェルを想像すれば足りよう。フラ・アンジェリコからルソーにいたる、素朴芸術家の系列を幻想美術のなかに位置づけるには、この天使論を導入すればよいと私は考える。

言葉は悪いが、神であるリアリズムに寄生して生きるしか道のない幻想は、昔から、この神の技量を能う限り見事に掠め取る能力を養ってきたらしい。ユイスマンスのいわゆる「破傷風のキリスト」を描いたグリュネワルトの魔術的リアリズムを見よ。幻想芸術家の資質ほど、曖昧さから遠いものはないのであり、まず明確な線や輪郭とともに、物をはっきり見ることが、幻想芸術家たる者の第一歩なのである。世間一般の大きな誤解は、幻想とは曖昧模糊たる、もやもやしたイメージに冠せられた名だと考えられていることであろう。ところで、反リアリズムは、リアリズムの陰画でしかなかったのである。こうした弁証法から、幻想的なものの本質を捉え直すことこそ、今日、最も喫緊な問題であろうと私はひそかに考えている。

II

千夜一夜物語紀行

ヨーロッパを石の文明、日本を木の文明とすれば、たしかに中近東地方は粘土で築かれた文明と言ってよかろう。粘土を固めて陽に乾した、いわゆる日干煉瓦で築かれた赤茶けた家が、昔も今も、この地方に住む人々の住居なのである。現在では、火力によって煉瓦を焼く工場が、バグダッド周辺の砂漠の中におびただしく建てられ、林立する煙突から黒々とした煙を吐き出しているのが見られるが、むろん、まだ公害と言うには程遠い現状である。社会主義国イラクの住宅政策は、日本の団地のように、この煉瓦の家々を碁盤の目のように整然と建て並べてもいる。

空から見ると街全体が赤茶けて見えるのは、周囲に広がる砂漠の色とほとんど変らない、この煉瓦の色のためである。それは何か乾き切った、苛酷な印象をあたえずには措かない。それでも街の中を車で走ると、赤と白の花をつけた夾竹桃の並木があり、糸杉があり、柳があり、塀をめぐらした庭のなかには、棗椰子《なつめ》の緑の林がある。いたるところに目につく棗椰子は、道ばたで砂埃を浴びながら、いずれも憎々しいほどの太さに成長している。一滴の水もないかと思われる砂漠の中にも、棗椰子の繁茂する地帯があるのは、いかにも不思議な気がしてならない。

「こんな砂漠の砂の中にも、やっぱり地下水が流れているのかしら」と私は、同行の写真家Iさんと編集者Y君を顧みて言った。「それとも、棗椰子は水を吸わないでも成長するのかしら……」

その日、私たちはバグダッドから南へ九十五キロメートルほど離れた、死滅した都市バビロンの廃墟をめざして、現地で傭った車を走らせていた。砂漠のなかの坦々たる、黒いアスファルトの道である。朝早く出発したのに、日が高くなるとともに、次第に暑熱は堪えがたいものとなってきた。

それは何とも言いようのない、おそるべき暑さであった。窓をあければ、むっと熱風が吹きこむし、閉めれば閉めたで、車内の温度はどんどん上昇するのである。九月も中旬すぎで、いくらか凌ぎやすくなったとは聞いていたものの、これほどだとは思わなかった。カメラやフィルムに陽が当たらないように、私たちは車内でバッグの位置をしばしば移動させなければならなかった。

バビロンの廃墟にて

イシュタール門の複製（本物はベルリン博物館にある）の立っているところで、車を降りる。門の付近には、制服姿の兵隊がぶらぶらしている。たぶん遺跡の番人であろう。イラクは軍国主義の国で、どんな場所にも銃をもった兵隊がおり、どんな砂漠の中の僻地にも、四角い煉瓦づくりの兵舎の点在するのが見られるのだ。ナイト・クラブにも憲兵がいるし、ホテルの内部にも秘密警察がうろうろしているという噂である。私たちとしては、迂闊に写真をとったら大変なことになりかねない。どこに軍事基地があるか知れたものではないからだ。

門の近くに、こんもりと樹の茂った庭があり、庭の中に小さな美術館があり、美術館のうしろの砂丘をのぼったところから、ぎらぎらした太陽に灼かれた、バビロンの遺跡がはじまっていた。

といっても、べつだん異様な風景が展開するというわけではない。考古学者アンドレ・パロが述べているように、そこには「太陽で乾した粘土の塊りがあるばかりであり、したがって、灰色のつまらない風景に接するばかり」なのである。砂丘と瓦礫のあいだに、人間の手で破壊され、その上自然の荒廃が加わって、見るも無惨な有様になった、赤茶けた煉瓦の積み重ねの残骸が見られるだけだった。砂丘は一般にテル（廃墟丘）と呼ばれている。

砂埃を立てながら、歩きにくい砂丘をぽくぽく上ったり下りたりしていると、正午に近い灼けつくような陽ざしの激しさに、頭がくらくらしてくるほどである。私たちは、うっかりして帽子をかぶってこなかったのだ。行列道路の壁のかげに、わずかな日陰を見出して、私はほっとして立ちどまった。

ふり仰ぐと、空はあくまで濃い青、青一色である。まるで青い色ガラスを空いちめんに貼りつけたかのように、一点の曇りもなく、一片の雲もない青なのだ。その青はあまりに濃いので、透明な秋の空の感じがしない。そして容赦なく降り注ぐ陽光は、私たちの目の前に暗黒の光の微粒子を撒きちらして、ともすると私たちに眩暈《めまい》を起こさせようとする。こんな苛酷な太陽の暴力というものに、日本では、ついぞお目にかかったことがなかったものだ。

それでも写真家のIさんは、吹き出す玉の汗を光らせて、まぶしい陽光に顔をしかめながら、あちらこちらと身軽に歩を移しては、しきりにカメラのシャッターを切ってまわる。私を置いてけぼりにして、はるかに遠い砂丘の上まで、どんどん行ってしまう。まさに仕事の鬼ともいうべき、その熱中ぶりに私はつくづく舌を巻いた。

名高いライオンの石彫りの見える丘の上の樹の下で、ひとりの老人が冷たい飲み物を売っていた。アイス・ボックスからコカコーラを出してくれる。それはいいのだが、その手の汚なさに私たちは辟易せざるを得なかった。日本を発つ時から、生ま水を飲まないようにと厳重に注意されてきた私たちは、もっぱらコカコーラで咽喉の渇きを癒してきたが、栓を抜いて瓶を渡してくれるアラブ人の手の汚なさには、いつも当惑してしまったものであった。やむを得ず、ハンカチで瓶の口をごしごし拭って、それからラッパ飲みすることにした。まあ、それも気休めである。

Y君が老人に煙草をすすめると、顔中皺だらけの老人は柔和な笑いを浮かべて、「いや、私の煙草はこれだ」とばかり、足もとに置かれた水パイプを指さし、長い管に口をつけて、おもむろにこれを吸い出した。火種は絶えていなかったらしく、やがて泡を立てて水の中を通過した煙が、老人の口から少しずつ吐き出される。地面にぺったり腰をおろした老人は、感心して眺めている私たち三人を見上げて、ふたたび柔和な笑みを浮かべた。

砂丘の瓦礫のあいだから、私たちは、なにやら文字のような、あるいは模様のような形の刻まれた、瀝青の付着した煉瓦の破片をいくつも拾い上げた。これがネブカドネザルの時代の煉瓦かと思うと、ポケットにしまって持ち帰りたいような気がしてくる。Y君の拾った破片には、たしかに文字らしいものが認められたと思う。

バベルの塔の跡と言われる、やや離れた場所にある廃墟丘にのぼって写真をとっていると、どこからともなく、寝巻のような長いアラブ人の服を着た、狡猾そうな二人の男が現われて、下手な英語でガイド役を買って出るのであった。私たちがいい加減にあしらっていると、二人はやがて服の中から皺くちゃなビニールの袋をとり出し、袋の中から由緒ありげな煉瓦の破片だの、小さな粘土の彫像だのを出して見せて、これを私たちに売りつけようとする。彫像は明らかに贋物であるが、男の言い草はふるっていた。いわく、「おれの親爺は前に美術館の管理人をやっていてね。この彫像は、親爺が美術館から盗んだものだから絶対に本物だよ。どうだ買わないか」――まるで的屋《てきや》の口上のように見えすいた嘘がおかしくて、私たちはその後、このことを思い出しては、いつまでも笑っていた。

夕方、ホテルへ帰って、拾ってきた煉瓦の破片をバッグから出してみると、それはまだ熱く、昼間の温もりを残していた。

クテシフォンにて

バグダッドの南方約四十キロメートル、チグリス河の左岸にあるクテシフォンは、ササン朝ペルシア帝国の都だった場所である。三世紀から七世紀まで、東西のローマ帝国や隋、唐とともに、世界で最も強大な国家を形成したペルシアは、また同時に、東と西との文化的交流の中心に位置する、中世史上で重大な役割を演じた国家でもあった。ササン朝の美術は、西欧のロマネスク美術にも影響をあたえたし、日本の正倉院のガラス器や銀器にも、その遠い反影を宿している。

ここに、粘土の建築では世界最高と言われる、高さ三十七メートルのアーチと宮殿の壁が残っている。私たちが訪れたとき、足場を組んで補強工事が行なわれていたが、そうでもしない限り、この崩れやすい粘土建築は、年ごとに崩壊の一途をたどるのみであろうと思われた。ローマ建築に似た、その馬鹿馬鹿しいような巨大さは、いかにもアジアの専制君主的な壮大趣味を思わせるが、美しさという点では、ギリシアの大理石の神殿に遠く及ばない。粘土という材質が、そもそも美学的には箸にも棒にもかからないのである。

そんなことを考えながら、私たちが巨大な建築を遠くから眺めていると、宮殿の前の公園の芝生に、観光客相手の駱駝をひいたアラブ人が現われた。「乗ってみないか」とY君が面白半分に言う。

イラクの駱駝にはコブは一つしかない。コブのうしろに毛布を敷いた座席ができていて、コブにつかまりながら、おそるおそる座席にすわると、やおら駱駝がうしろ脚から立ちあがる。そのため、乗っている私は、前につんのめりそうになる。すると次には前脚をのばすので、今度はうしろにひっくり返りそうになる。しかも、駱駝の関節は二つあり、脚を二重に折り畳んでいるので、この前後に傾く衝撃が二度にわたるのである。見ている者はおかしいだろうが、乗っている私は真剣だ。馬よりずっと背が高いから、駱駝が完全に脚をのばして立ちあがると、ずいぶん高いところに持ちあげられたような気がする。

私の次にY君が乗り、その次にIさんが乗った。なるほど、下で見ていると面白い。みんな一度は前につんのめりそうになって、あわててコブにしがみつくのである。駱駝の脚は折り畳み式なのだ。

同じ敷地の奥には、棗椰子の葉で屋根を葺いたアラブ風の小屋があって、お茶や冷たい飲み物を飲ませてくれる。私たちがここで休んでいると、片手に素朴な一弦琴をもち、もう一方の手に杖をもって、その杖の先を子供に引かせた盲目の老人がやってきた。いわゆる托鉢僧というのであろう。老人は腰掛にすわると、靴をぬいで両膝を立て、両膝のあいだに楽器を支えて、右手の弓で一本の弦を鳴らしはじめた。

それは哀切な調子の恋歌で、盲目の老人は弾きながら歌うのである。「琵琶法師だな。いいなあ」とY君が小声でささやいた。全くその通りで、老人は見えない目で一点を凝視し、顔をしかめ、口を大きく開いて、朗々たる声で歌うのだった。かつて、「千夜一夜」の物語を民衆に伝えた、ラウィと呼ばれた講釈師も、このようにコーヒー店とか樹陰とかで、楽器の伴奏とともに語ったのであろうと思われた。思いがけず、「千夜一夜物語」の源泉に出遭ったような気がして、私たちは三人とも満足だった。

老人が一節を歌うと、耳を傾けていた周囲のアラブ人たちは、その都度、おかしそうに笑ったり、声をかけたりする。お茶を飲みながら、誰もが一心に聴いている。歌う老人は前方を向いたまま、にこりともせず、とうとう全曲を歌い終ると、楽器を傍に置いて咽喉をうるおすために、ガラスの茶碗でお茶を飲んだ。見えない灰色の目は、しかし最後まで無表情であった。

サマッラにて

クテシフォンからバグダッドへもどって、同じ車で、ただちにサマッラへ向った。サマッラはバグダッドの北西約百二十キロメートル、チグリス河畔にあるアッバス朝の古都であり、イスラム教シーア派の聖地の一つである。

午後の西日のさしかける車の中で、気が狂うほど暑い思いをして、二時間ばかり車を走らせると、やがてはるかな地平線に、小さく小さく、金色に輝やくゴールデン・モスクの玉ねぎ型のドームと、バベルの塔に似た螺旋形の煉瓦の尖塔が見え出した。サマッラである。近づくにつれて、この尖塔はいよいよ怪異な姿をもって、私たちの眼前に大きく迫ってきた。ブリューゲルの描いた空想のバベルの塔にそっくりである。螺旋階段が塔のまわりをめぐっていて、高さ約五十メートル、頂上には小さな御堂がある。イスラム教寺院のいわゆるミナレット（塔）であるが、主堂から切り離され、独立して立っているところが珍しく、これは古代のジッグラトの伝統による、古い形式のものと考えてよいだろう。

この塔に向かい合って、世界最大と言われる広大な規模のモスクの壁だけが残っている。壁には門があって、この門を通してモスクの内部から塔をのぞくと、夕日を浴びて長く影ののびた塔は、あたかもキリコの絵のように、シュルレアリスティックな幻想美にあふれているように見えるのだった。単純な形の塔が砂漠のまん中にぽつんと立っている。それが却って、言い知れぬ不思議な印象をあたえた。

この塔の下で、アラブ人の子供たちが数人、羊の番をしている。いずれも、寝巻みたいな長い着物を着て、貧しげな様子である。羊と言っても、この近東地方の羊はオーストラリアのメリノ種などとは大違いで、色は薄汚ない黒、茶色、白であり、しかも痩せこけている。むしろ山羊に近いだろう。写真をとってやろうか、と私が言うと、子供たちは大喜びで集まってきて、一列に並んだ。やたらにお金をせびるイランの子供たちとは違って、このイラクの羊飼いの少年たちは、礼儀正しく、控え目であったように思う。

ゴールデン・モスクの方は、ごみごみしたサマッラの町の中にあった。モスクと呼ばれているが、じつは墓廟だという。周囲はバザールのように、いろんな店が立ちならび、アラブ人の男女が右往左往し、まことに賑やかである。黒いチャードルの女たちも、私たちを物珍しげに眺めながら通り過ぎる。私はついうっかりして、墓廟の内部へ足を踏み入れかけて、危いところをガイド氏に制止された。異教徒には廟内への立入りが厳重に禁止されているということを、忘れていたのである。もし足を踏み入れていたら、兇暴なアラブ人たちに取り巻かれ、半殺しの目に遭っていたかもしれないのだ。

サマッラの町はチグリス河の上流に面していて、河岸は切り立った岩の絶壁であり、その下の流れが青く澱んで、まことに美しい風景を現出している。Iさんは、このあたりの風景をぜひカメラにおさめたいと言うのだが、どうやら撮影は危険で、断念せざるを得ないようだった。近くに橋があるからである。橋は軍事国防のための重要な施設で、中近東地方では、おおむね撮影は禁止されているのである。

ついでに述べておくが、中近東地方では、軍事と宗教の両面から、写真撮影はなかなか面倒かつ困難であった。たとえば、チャードルをかぶった婦人には、絶対にカメラを向けてはいけないのである。チャードルとは、イスラム教の女性が頭から全身にまとう、黒いヴェールのような着物である。もしこの禁止を犯せば、どんな目に遭っても文句は言えない。また相手が女性でなくても、無断で撮影するのは失礼に当たるので、いちいちアラビア語で「モンケン？（撮ってもよいか）」と質してから撮影しなければならない。そして撮影すれば、多くの場合、当然の報酬として、バクシーシ（チップ）を取られることを覚悟しなければならない。

テヘランにて

バグダッドから飛行機でテヘランへ飛ぶと、地形の変化がよく分かって面白い。機上から眺めると、砂漠のなかにも断層があったり、褶曲があったりして、決して平坦な土地ばかりが続いているのではないことがよく分かるのだ。イラクでは、地平線まで目を遮るものは何もなかったのに、イランへ入ると、目立って山が多くなり、土地は高原のような感じになってくる。事実、テヘランは海抜一二〇〇メートルの高原に位置しており、つい目の前には、カスピ海につづくエルブルズ山脈が迫っているのである。

テヘランの市街は近代的に整備され、ヨーロッパ風に小綺麗な外観を呈している。あの暑いバグダッドにくらべると、何よりも涼しくて気候がよいのが有難い。スズカケの樹に似たチェナールの並木道がつづいていて、街の中心部をやや離れたヒルトン・ホテルの付近には、ちょっと東京の青山か原宿あたりを思わせるような洒落た通りもある。

十月中旬からの、建国二千五百年記念大祝賀式典が行なわれる寸前だったので、イランは、国中が浮き浮きしたお祭の前夜の気分であった。ホテルや記念物は改築工事や塗装工事に急がしく、通りには旗や提灯が色とりどりに飾りつけられている。驚いたのは、街を流しているタクシーの屋根の上に、国王やその家族の大きな写真が掲げられていることだった。国王モハメド・リザ・パーレヴィ・シャーの人気は絶大で、いたるところに国王一家の団欒の写真が貼り出されている。空港にも、ホテルのロビーにも、ドライヴ・インにも、でかでかとパーレヴィの写真が掲げられているのには、いささか呆れてしまった。この国はまだ明治維新における日本のように、強力な君主のもとに西欧文明の摂取、富国強兵と近代化へ向かって一路邁進の途上にあるらしいのである。

それにしても、イランの女性、とくに若い女性は美しい。いかにも東西民族の混血児といった感じで、アーリア系、ヒンドゥー系、アラビア系などの血が、ヘレニズム以来、何千年にもわたって微妙に混淆した結果のように思われるのである。ギリシア人に似て色の白い娘もあれば、インド人のように肌の浅黒い娘もある。あのペルシアの細密画でお馴染みの、眉毛の濃い、眼の大きい、彫りの深い、横顔の美しい、優雅で貴族的な顔をした娘たちに、私は街で何人も出会ったような気がする。

もっとも、「千夜一夜物語」によく出てくる美人の形容詞、「顔は満月、姿は柳の細い枝、息はかぐわしき竜涎香」とか、「薄いヴェールから現われた顔は、くまなく照る満月」とかいった表現は、どうも私には、あまりぴんとこないような気がした。若い進歩的な女性は、すでにチャードルなしのミニスカート姿で、颯爽と街を歩いているのだ。

私たちはテヘランのホテルで、毎晩のようにキャヴィアを肴にして葡萄酒を飲んだ。カスピ海に近いテヘランでは、キャヴィアのほかに、鮭その他の海産物も意外に豊富なようであった。サマッラのレストランで、チグリス河から獲れたとかいう白身の魚のフライを食べて、その不味さに閉口した私たちは、ここへきて、キャヴィアの美味さに初めて満足を味わった。氷で冷やした生まのキャヴィアに、レモンの汁をかけ、細かく切った玉ねぎを混ぜて食べる。

罐詰のキャヴィアではとても味わえない、ねっとりした、脂っこい舌ざわりが絶妙である。残念ながら、生まのキャヴィアは冷蔵庫に入れて保管しなければならないので、これをお土産にして日本へ持ち帰るわけには行かなかった。

バザールにて

ケテルビーの音楽によって名高い「ペルシアの市場」は、以前から私のロマンティックな空想を掻き立てていたし、ぜひ一度は見たいものだと思っていた。とくにテヘランのそれは、三千ないし四千軒の店がひしめき合っていて、世界最大の規模を誇っているというから、これをもって中近東のバザールを代表させてもよいだろう。Iさんやʏ君の話によると、カイロのバザールはもっと汚なくて、猥雑な活気にあふれ、埃や馬糞の臭いにみちみちているそうであるが、私はベイルート経由でバグダッドへきたので、カイロに立寄る機会を逸してしまったのである。

終戦後、新橋や上野や新宿などに闇市なるものがはびこったが、要するに、バザールとは巨大な闇市だと思えばよい。迷路のような細い路が四方八方に伸び拡がり、頭上はドームや天幕で覆われているので、昼なお暗く、ひとたび奥へ踏みこんだら、容易に出てこられなくなりそうな無気味な雰囲気である。うろうろしていると、荷物を積んだ驢馬にぶつかりそうになったり、頭や背中に荷物をのせた荷運び人夫に怒鳴られたりする。「千夜一夜物語」に「担子《かるこ》のシンドバッド」というのが出てくるが、実際、ここでは頭の上に大きな荷物をのせて運ぶ男の姿がよく見られるのである。

バザールに軒を並べる商店には、靴屋、皮屋、絨毯屋、金物屋、粉屋、生地屋、貴金属屋、食料品屋、肉屋、香料屋などといった、ありとあらゆる種類の商店がある。靴屋の主人が黙々として皮を縫い合わせていたり、粉屋の小僧が金属の碗の中から手づかみでパンを食べていたり、哲学者然とした老人が野菜を売りながら、周囲の喧噪をよそに、アラビア文字の書物に読みふけっていたりする姿に出くわすと、まるで今世紀から「千夜一夜物語」時代の中世に連れもどされたかのような、奇妙な錯覚に襲われる。昔のシルク・ロードの町々にも、それぞれ、こんなバザールがあって、異国の富を求める旅行者や商人を惹きつけていたのにちがいない。ふと、そんな過去の幻想に誘われる。

私たちは、細い路地を物珍しげに歩きまわり、折あらば、バザール風景をスナップしてやろうと待ちかまえていたが、ここでは撮影は至難の業であった。カメラをかまえると同時に、たちまち人だかりがして、子供たちがわっと寄ってくる。私たちの肌に手をふれ、袖をひっぱり、つねろうとする。つねるのは親愛の表現だろうか。ジャポン、ジャポンと言って笑っているのだから、少なくとも彼らに悪意があるとは思えない。私の腕時計を指さして、くれないかという身ぶりをする。いやはや大へんな騒ぎで、私たちはほうほうの態で逃げ出すよりほかなかった。

ちなみに、イラン人が手づかみでチーズを挟んで食うパンは、メキシコ料理のトルティーヤ、あるいはインド料理のチャパティにやや似た、メリケン粉を焼いたような感じのものである。これが意外にうまい。原料は何だろうか。私は知らない。

私たちはテヘラン、また後に訪れたシラーズのバザールで、靴や帽子や手提袋や衣類などを買った。靴は一枚の革を型で固めたもので、魔法使のおばあさんの靴のように、先端がとんがって曲がっている。帽子はフェルトのペルシア帽で、イラン人の男が普通にかぶっているようなやつであるが、かぶり方がなかなかむずかしく、これを小粋《こいき》にかぶるのには熟練を要する。私もY君も、苦心してかぶり方を研究してみたが、日本人は頭が大きすぎるせいか、どうもうまく行かなかった。

レイにて

テヘランの南東約十キロに、古都レイの遺跡が残っている。かつてはバグダッドに次ぐ美しい都と称せられ、東西交通の要衝として大いに栄えたが、一二二〇年、蒙古軍によって徹底的に破壊され、さらに十四世紀末には、ティムールの軍隊によって潰滅的な打撃を受けて、それ以後二度と立ち直ることができなかった。しかし私たちとしては、あのイスラム文化の黄金時代を築いた豪奢な東洋的専制君主、「千夜一夜物語」の中心人物たる教主《カリフ》ハルン・アル・ラシッドが、ここで生まれているということを記憶しておくべきだろう。

テヘランから車でやってくると、なるほど古い町だな、という印象を受ける。古くて、しかも貧しい町だ。その町を通り越して、しばらく車を走らせると、赤茶けた煉瓦づくりの城壁の跡や、モスクの跡とおぼしい廃墟の塊りが丘陵をなして、平野のなかに累々と横たわっているのが眺められる。周囲には雑木林があり、瓦礫のあいだにはラクダ草が生えている。まさに「つわものどもの夢の跡」である。

近くにチェシュメフ・アリと呼ばれる天然の泉があって、チャードルをまとった女たちが絨毯を洗っている。泉のすぐうしろには岩山があって、洗った絨毯をそこに拡げて陽に乾すのである。白く乾燥した岩肌に、水から出たばかりの、美しい色どりの絨毯が何枚も拡げられている。洗濯女たちに混って、素裸の子供たちが水をばしゃばしゃやりながら遊んでいる。

ここは子供たちの水浴場でもあるのだろう。私たちは、ここでも例によって子供たちに取り巻かれ、しきりにペルシア語で話しかけられた。

レイの町の中に、トゥグリルの塔と呼ばれる遺跡がある。これを見に行こうとして車を走らせていると、突然、町中の人間が家から飛び出してきて、大声をあげて走り出した。黒いチャードルを風になびかせ、ハンカチを握りしめ、慟哭しながら走っている老婦人もある。泣き声は煉瓦の家の中庭からも聞こえてくる。誰かが死んだのだ。そして町中の人間が、その死を哀悼しているのであった。

テヘランよりイスパハンへ

世界地図を眺めていただきたい。ごく大ざっぱに言うならば、イランの北部エルブルズ山脈の麓にテヘランがあり、中央部の山間にイスパハンがあり、南部のファールス地方の中心にシラーズがある。テヘランからイスパハンまで四二〇キロ、イスパハンからシラーズまで四八四キロ、合計九〇四キロの距離である。ちょうど東京から広島ぐらいまでの距離と考えてよいだろう。私たちは、この九〇四キロを飛行機で一挙に飛ばずに、自動車で走破しようと計画を立てたのである。時間的にも経済的にも無駄は承知であるが、途中の砂漠の風物を眺め、町や自然の景観を楽しみ、気ままに撮影しながら旅をつづけるには、飛行機よりも自動車の方がはるかに快適であるにちがいない。途中、イスパハンで一泊の予定である。

ホテルで紹介してくれた車は、整備したばかりという触れこみのランブラーで、運転手はお調子者の三十幾つのイラン人であった。もっとも、この車は速度計が壊れていて動かない。しかも、運転手がずぼらで、調子に乗ると手放し運転をやったり、危険な追い越しをやったり、疲れると居眠りをしたりするので、私たちとしては気が気ではない。むろん、日本と違って車の数は極端に少ないが、それでも平均時速一一〇キロ、最高時速一五〇キロで飛ばしながら、居眠りでもされたら堪ったものではないのだ。しかしまあ、テヘランからイスパハンまでは何とか無事で、朝九時に出発して午後一時に着いたのだから、所要時間は約四時間というわけであり、まず予定通りの筋書であった。

ここで、自動車から眺めた砂漠の風物について、ちょっと触れておこう。

まず面白いのは、変化に富んだ山の眺めであった。イラクでは、砂漠は一望千里の坦々たる平野で、どこまで行っても地平線が果てしなく拡がっているように見えたのに、高原地帯のイランでは、土地の起伏がまことに顕著で、車は山間の道路をうねうねと蛇行したり、登ったり降りたりしながら、次第に南部のザグロス山脈の麓に迫って行くのであった。遠方には、つねに三千メートル級の高山の連峰が見える。近くの岩山は、一木一草とてない褐色の禿げ山で、侵蝕されて丸味をおび、地層の重なりが微妙な皺を山腹に走らせている。Iさんは、「まるで裸の女が臀を向けて、大勢で寝そべっているようだ」と言いつつ、笑いながらカメラを向ける。なるほど、いかにも造形感覚に鋭い写真家らしい、うまい形容である。

しばらく行くと、今度は山腹に深い裂谷や穴孔のある、峨々として険しい岩山が現われ出した。「や、裸の女が今度は仰向けになったぜ」と、いささか品の悪い冗談をとばしたのは私である。マンガンを含有しているのであろうか、赤っぽい色を呈した山肌があり、また風化してぼろぼろに崩れそうになった灰色の岩山がある。そうした千変万化する岩山のあいだを、どこまでも走ってゆく一本の黒いアスファルトの道は、近代的なハイウェイであるにもかかわらず、やはりシルク・ロードの幻影を否応なく私たちに呼び起こさせるのであった。

テヘランから一四七キロの地点にコムの町があり、コムのやや手前の峠で、私たちは塩湖を遠くから眺めた。一面に白く、茫漠とした雲海のようなものが彼方に横たわっている。「あれは何だ」と運転手にきくと、「Salt」と彼は英語で答えた。

砂漠の龍巻というものにも、私は今度の旅行で初めてお目にかかった。龍巻と言っても、人や駱駝を空中に巻きあげるような巨大なやつではなく、焚火の煙のように、白い砂塵が細く一筋に立ちのぼるだけのものである。注意して見ると、あちらでもこちらでも、白い砂塵が一筋に立ちのぼって、ゆっくりと移動している。私たちのつい目の前で、小さな可愛らしい龍巻が生じたこともあった。あれは龍彦（筆者）に敬意を表するために、砂漠のドラゴンの子供が踊って見せたものだったかもしれない。

しかし、龍巻よりもっと面白いのは蜃気楼であった。はるかな地平線の上に、うっすらと水面のようなものが見える。色は白、もしくは薄い青色だ。時によっては、その水面の上に、林のような樹の塊りが見えたり、島影のような幻影が浮かんだりする。最初は錯覚かとも思うが、私たち三人の目が等しく認めたのだから、これは明らかに蜃気楼だと考えるほかはなかろう。Iさんの精巧なカメラもこれを見事に捉えたはずである。

砂漠の植物についても一言しておこう。一般に、中近東の砂漠は、一木一草もない純粋の砂地ではなくて、むしろステップに近いような、ところどころに草の生えた、石ころだらけの土地である場合が多いようだ。その石ころのかげに、わずかに生えている草がラクダ草なのである。猛々しい棘だらけの荳科植物で、赤茶けた莢のなかに種子を生ずる。かつて砂漠に庵をむすんだ修道僧は、こんなものを食べて飢えをしのいだのではあるまいか、と私は漠然と夢想した。

コムとデリジャンのあいだで、石油のパイプ・ラインの中継所を見た。運転手の説明によると、このパイプ・ラインは蜿蜒と延びて、ロシアにまで達しているのだそうである。イランの国家経済を支える唯一の資源が石油であることは、誰でもが知っている。

私たちの車は、しばしば兵士をのせた大型の軍用自動車にすれちがった。飛行場やレーダー基地が、おそらく、この砂漠や岩山のあいだにも設営されているのにちがいなかった。新しい道路敷設工事も行なわれていたし、労務者の寝泊まりするテント小屋や兵舎も、道路の傍に点在していた。いまや、イランは軍備増強に懸命のようであった。

そうかと思うと、その同じ道路を、悠揚迫らぬ足どりで、荷物を積んだ駱駝の隊商が、一列縦隊になって行進してくるのである。駱駝の首に吊るした鈴の音が、古代への郷愁を搔き立てるように、ゆっくりしたテンポで響きわたる。速度を落とし遠慮しなければならないのは、むしろ文明の側たる自動車の方だ。古代的テンポで悠々と歩く駱駝は、自動車なんか全く無視している。「ああ、ここに古代がまだ生きていたな」と私は無闇に感じ入ったものであった。

イスパハンにて

イスパハンは、さしずめ日本の京都といったところであろう。かつてサラセン文化の一大中心地として栄えた古都であり、イスラム教寺院のドームやミナレットがいたるところで目につくという点でも、指折りの美しい町である。私たちが投宿したシャー・アッバス・ホテルも、昔のモスクを修理改築したもので、その豪華な室内装飾には目を見はらせるものがあった。「千夜一夜物語」の幻想的な雰囲気がいちばん濃厚に残存しているのは、もしかしたら、この優雅なオアシス都市イスパハンかもしれないのである。十七世紀サファヴィ朝の黄金時代には、「イスパハンは世界の半分」と謳われたそうである。

町の中央に長方形の「王の広場《マイダン・イ・シャー》」があり、広場を囲んで、モスクや宮殿やバザールが立ち並んでいる。私たちはこれらを一つ一つ訪ね、その繊細巧緻な彩釉《さいゆう》タイルの唐草模様の美しさに驚嘆した。最も豪華な「王のモスク《マスジッド・イ・シャー》」のタイルは、紫色を基調とし、これに黄色、緑色をあしらっている。青空を背景にして見る丸屋根と、尖塔と、廻廊のアーチの曲線の醸し出す、交響的な美しさには比類がない。ホテルで紹介してもらった五十がらみの白髪の案内人が、写真を撮るのに好適な場所を次から次へと熱心に指示してくれるので、さすがのタフなIさんも、最後には息切れがして悲鳴をあげそうになったほどであった。

私たちはそのほか、「王の広場」に面した「アリ・カプ」の城門、女性専用のモスク「ルトフッラー」、「四十柱の宮殿」と呼ばれるチェヘル・ソトゥン、それに少し離れた場所にある、初期イスラムの素朴な「金曜のモスク」などを歴訪した。それから、やはり十一世紀の古い建築として珍重すべき、市郊外のシャーレスタン橋まで車を走らせた。

夜になって、この町に多く軒を並べている、骨董品店を見に行こうということになった。Iさんは、とくに奥さんの御所望で、良質のラピス・ラズリをぜひ手に入れて日本へ帰りたい、と言うのである。

ラピス・ラズリは、日本では青金石と呼ばれる、青紫色の美麗な宝石である。「ギルガメシュ叙事詩」に、「ラピス・ラズリの果実」（葡萄の比喩）などという用例が出ているのを見ても分かる通り、この宝石は、すでに有史以前から中近東地方で珍重されていたものとおぼしい。東洋美術史の本で名前だけを知っていた私は、Iさんの話を聞いて、にわかに本物が見たくなった。最近では、この古代の宝石が装身具として脚光を浴びているともいう。

イスパハンの目抜き通りには、なるほど、骨董品店が目白押しに並んでいた。銀器や琥珀や瑪瑙の細工物などが、がらくたと一緒に雑然と並べてあって、さぞや掘り出し物もあろうかと思われた。店の主人はおおむねユダヤ人らしく、まさに聖書時代から抜け出してきたような感じの老人もいる。面白いのは、買物をする時の一種のルールで、誰も正札通りの値段で買おうとする者はいない。店の主人の言い値の半分ぐらいの線から、売手と買手とが徐々に歩み寄って、最後に買手がぎりぎりの線を出す。それでも主人が承知しなければ、買手はいったん帰るふりをする。すると、主人があわてて呼びとめる。こんなゲームのようなことを繰り返しているうちに、商談がまとまるというわけだ。

商談が長びくと、店の小僧が近所へ走って行って、お客様のために紅茶を注文してくる。例の小さなガラスの茶碗に入った熱い紅茶である。出されたお茶に手をつけずに帰るのは、失礼な行為とされる。イラクでもイランでも、じつに彼らはよくお茶を飲む。その点、ちょっと日本の習慣に似ているような気がした。

私はイスパハンの骨董品店で、直径三十センチばかりの青銅製の立派なアストロラーブ（天文観測儀）を買った。裏にも表にも毛彫りのような細かな彫刻が施してあって、かなり古い時代のものと踏めた。アラビアやペルシアは大昔から、占星術のいわば本場である。「千夜一夜物語」第二十九夜の「仕立屋の話」のなかに、女に会いに行こうと浮き浮きしている若旦那に呼ばれた床屋が、若旦那の頭を剃りかけては、「銀の裏打ちのある七枚の並板のついた天文観測儀」で太陽の高度を測ったり、占星術による当日の運勢を喋り立てたりして、いたずらに時刻を遅らせ、やきもきしている若旦那を困らせるというエピソードがあったのを御記憶の方もあろう。

私は、かなり重い青銅製のアストロラーブを小脇にかかえて、イスパハンの夜の街をぶらぶら歩きながら、心は「千夜一夜物語」時代の中世に遊ばせていた。星が降るようであった。Iさんの御執心のラピス・ラズリは、その後、テヘランの骨董品店で首尾よく手に入れた。

イスパハンよりシラーズへ

午後一時半にイスパハンを出発、シラーズに着いたのは午後六時半、所要時間はほぼ五時間。平均時速は約一〇〇キロメートルである。

シラーズは海抜一五〇〇メートルの高原に位置する町だから、テヘランよりも、イスパハンよりも、さらに高い。したがって、車はさらに上昇をつづける。途中の町アバデーを過ぎる頃から、岩山はいよいよ突兀たる趣きを見せはじめ、奇岩怪石といった感じになってきた。まるで兇悪な「千夜一夜物語」の魔王イフリートの棲む山のようである。車はしばしば峠を越え、尾根を伝う。もはや砂漠とは言いがたくなってきた。

山間の盆地に出ると、水の涸れた河があり、植物の群生した地帯があり、泥造りの家々がある。土塀のほとりに糸杉や柳の樹が植えてあって、古いキャラヴァン・サライ（宿場）の名残りであろうと思われる。村人の風俗や衣裳も、いくらか変わってきた感じである。とくに目立つのは、チャードルではなくて、赤や青の派手な衣裳を身にまとった女たちであり、彼女たちは顔つきも明らかに、一般のイラン婦人とは異っているようであった。ジプシーにちがいない、と私は思った。

フランス語のイラン案内書を見ると、シラーズの町を数人で連れ立って歩いている、ひらひらした衣裳のジプシー女の写真が出ている。日本人にはあまり縁がないので知らない人が多いが、ジプシーはヨーロッパばかりでなく、アラビア、シリア、アルメニア、ペルシアにも古くから存在していたのである。私はのちに、シラーズのバザールで、舞踏会用のマスクのような奇怪な仮面で顔を覆った、中年のジプシー女に出遭って度胆を抜かれたものであった。

私たち三人が危うく自動車事故により、あわや一命を落としそうになった経緯についても、簡単に触れておこう。

この日、例のお調子者の運転手は、どうやら前の晩に酒を飲んできたらしく、すでにイスパハンを出発する頃から、居眠り運転の徴候を見せはじめたのである。私たちは、気を遣うこと一方ならず、コーヒーを飲ませたり、諄々と説諭したりしたのであったが、その効目は一向にあらわれない。やがてシラーズに近いある町で、彼は一軒の薬屋に飛びこむと、何やら得体の知れない薬を飲んだ。ヒロポンのようなものだろうか。その途端、彼は急に睡気がさめたらしく、はらはらしている私たちを尻目にかけて、猛烈に乱暴な追い越し運転をはじめたのである。ようやく夜になった頃で、最も事故の起りやすい時である。

こうしてついに、私たちの車は無理な追い越しに失敗、道ばたの石の上に車体を乗り上げ、急停車とともに方向を九十度回転して、目前の大型トラックを避けるために、道路のわきの傾斜面をずり落ちたのである。もし退避の場所がなかったら、大型トラックと正面衝突していたところであった。Y君が思わず日本語で、「バッカヤロー!」と運転手を怒鳴りつけた。

ペルセポリスにて

シラーズに着いた翌日、まず私たちは、この町の北東六十キロの山腹にあるペルセポリスへ車を飛ばした。あまりにも有名なペルセポリスの遺跡については、しかし、ここでくわしく説明するにも及ぶまい。興味のある方は、手近な美術全集のページをひらいていただきたい。

大ざっぱな私の印象を述べれば、それはやはりギリシアのアクロポリスに一籌《いっちゅう》を輸するのではあるまいか、という感じなのである。大理石のように白くない大広間《アパダナ》の円柱は、私には、それほど魅力的には思えなかったのだ。高貴な大理石は、何と言っても石造美術の王者であろう。むしろ私には、背中合わせになった二匹の動物の前半身から成る、柱頭の彫刻の童話的な単純さ、素朴さが気に入った。これはペルセポリスという、あまりにも巨大な舞台から切り離してもよいものだろう。

建国二千五百年の式典は、このペルセポリスを中心に繰りひろげられる予定になっているらしく、すでに遺跡のまわりには、観客のための階段桟敷やテント小屋や、数多の照明設備が準備されていた。

名高い「クセルクセス門」の人頭有翼雄牛の台座の上によじのぼり、巨大な雄牛の両脚のあいだに挟まって、私はY君に記念写真をとってもらった。管理人に見つかったら叱られたであろう。この一対になった雄牛は、すでに四匹とも顔の部分が欠けており、欠けた面は、乾いた土のように剝落しているのである。

シラーズの庭園にて

シラーズにもどって、私たちはその日の午後を、あわただしく市内見物に費した。サーディーおよびハーフィズの二大詩人を生み出した町シラーズは、たしかに花と庭園の都の名に値していたように思う。

私たちが訪れたナレンジェスタンの宮殿は、新しい十九世紀後半の建築であったが、甘橘類や棕櫚のいっぱい繁茂したイスラム風の中庭が美しく、噴水と泉水のまわりの花壇には、薔薇、ダリヤ、鶏頭、百日草などの花々が満開に咲き匂っていた。イスパハンのシャー・アッバス・ホテルの隣りの神学校のそれとともに、この庭は私たちが見た、いちばんペルシアの庭園らしい庭園だった。ナレンジェスタンは、この地方の豪族グエヴァム・アル・ムルクが一八七〇年、客を接待するために建てた別荘である。

申すまでもなく、薔薇の原産地はペルシアである。「ローズ」という言葉も、ペルシア語の「ヴァレダ」から由来したものと一般に信じられている。そのペルシアのなかでも、シラーズは最も薔薇に縁故の深い町だった。

『薔薇園』の詩人サーディーは故郷のシラーズをこよなく愛し、「シラーズのサーディー」と呼ばれた。詩人は次のように歌っている。

梢なる説教壇には夜鶯が語っていた。

薔薇は真珠の露を置かせていた、
怒った愛人の豊頬なる汗のごとくに。

シラーズにおけるもう一つの名高い宮殿、バギ・エラムの庭園を見られなかったのは心残りであったが、私たちが短い旅の最後に、ナレンジェスタンの庭園での半日をもち得たことは幸運だったたと思う。古いペルシアのミニアチュールを眺めても分かるように、ペルシアおよびイスラムの文化は庭園とともに発達した、と言っても決して言い過ぎではないだろうからだ。楽園を意味するギリシア語の「パラディソス」は、もとはペルシア語の「パリダイツァ」(果樹などを植えた王侯の庭園)から来ているのである。長いあいだ、ペルシアの教主《カリフ》は世界で最も美しい庭園を所有している、と西欧では信じられていた。

「千夜一夜物語」だって、ハルン・アル・ラシッド時代の文化の爛熟から生まれた、一種の庭園探求の文学だとは言えないだろうか。

どうやら私の旅行記は、バビロンの架空庭園の廃墟から出発して、ふたたび架空庭園の幻影にたどりついたもののようである。この幻影を薔薇の花のように、いつまでも新鮮に保つためには、いずれまた旅行に出なければなるまい。

花瓶なる薔薇が汝のために何の役に立とう、
汝は私の薔薇園から花弁を摘め！
その薔薇はわずか五、六日の生命《いのち》にすぎぬ、
されど私の薔薇園は永久《とわ》に楽しかろう！

（サーディー『薔薇園』より）

フランスのサロン

「青い部屋」と「愛の国の地図」

サロンという言葉は、すでに日本でも定着しているようであるから、フランス語の語源や語義から説きはじめる必要はあるまい。要するに、特権階級の優雅な趣味や会話を楽しむパーティーだと思えばよいわけで、日本でも、たとえば後鳥羽院時代の宮廷には、院を中心として定家、良経、家隆、慈円らの歌人が集まり、文化的サークルを形成して歌会を楽しんだという伝統がある。こうした宮廷と和歌との結びつきは、もちろん後鳥羽院時代よりずっと古く、また下っては江戸初期の後水尾院時代まで連綿と続くのであるが、見渡したところ、そこには女性のすがたはほとんど全く見当らない。王朝の才女といえども、サロンの主宰者たるには遠かったようである。ところがフランス十七世紀のサロンは、あくまで女性を中心としたものであり、女性を抜きにしては何事も語れないのである。

十七世紀のフランスで、なぜ女性中心のサロンが栄えたかということについては、いろいろな理由が挙げられている。まず社会的にみれば、ブルボン王朝の開幕とともに、長いあいだ打ちつづいた宗教戦争が終り、世の中が平和になったということが挙げられる。上流社会に教育が普及し、女性の教養や地位が向上したということも、同じ事実の別の面であろう。こうして貴族社会が安定すれば、文化的欲求が芽生えてくるのも必然的な成行だったはずである。フランス文化の特色であるところの社交の精神、会話の精神が、このようにして一時に花を咲かせたのである。

むろん、サロンと名づけられるような文化的サークルは、フランスの十七世紀以前にも存在しないわけではなかった。中世の宮廷風恋愛は、久しきにわたって、女性崇拝と恋愛の理想化の気風を育ててきたし、ルネサンス期の先進国であるイタリアの宮廷にも、文芸サロンに似たような文学者のサークルはあった。しかし十七世紀にはじまるフランスのサロンの特色は、当時の宮廷の粗野な気風に反撥し、失われたヴァロワ王朝の優雅をなつかしむ貴族の夫人たちが、宮廷以外の場所で、小さな社交界を形成し、上品で洗練された社交や遊戯を楽しもうという動機から出発していることだった。イニシアティヴをとったのは女性だったのである。

こうした社交界のサロンのなかで最も有名なものは、ローマ駐在のフランス大使の娘として生まれ、少女時代からイタリアで文明開化の風を存分に吸いこんできたカトリーヌ・ド・ランブイエ侯爵夫人のサロンだった。彼女の邸宅は「ランブイエ館」と呼ばれ、サロンの開かれる彼女の部屋は「青い部屋」と呼ばれた。黄金の地に、青と白と淡紅色の壁布が張られていたからである。またランブイエ侯爵夫人は、詩人や文学者連中からアルテニスArthenice という渾名で呼ばれていたが、これは彼女の名前カトリーヌ Catherine の文字を並べ変えたもので、ギリシア風の粋な名前だった。

この女主人アルテニスを中心として、「青い部屋」に集まる人々のなかには、マレルブ、シャプラン、ヴォワチュール、スキュデリー嬢、セヴィニェ侯爵夫人、ラファイエット伯爵夫人、ラ・ロシュフコー公爵などといった、当代の第一流の文学者や詩人たちが網羅されていた。いや、単に文学者ばかりでなく、ルイ十三世の宰相であり、フランス絶対王政の基礎を築いた大政治家である、リシュリュー枢機卿のような人まで集まっていたというから、ランブイエ館の「青い部屋」のサロンの豪華さは、おそらく私たちの想像以上のものだったにちがいない。文学者たると政治家たるとを問わず、彼らはいずれも、平和な時代にふさわしい、言葉使いや風俗における礼節、優雅、洗練といったものを求めていたのである。フランス語が現在でも、世界最高の美しさを誇っているのは、彼らの努力によるところが大きいと言っても決して言いすぎではないのである。

ランブイエ館の「青い部屋」のほかに、特色のある幾つかのサロンを挙げるとすれば、まず女流作家のスキュデリー嬢のサロンがある。彼女は、いわゆる当時の才女文学者の典型であって、サッポーという渾名で呼ばれていた。サッポーとは、申すまでもなく古代ギリシアの女流詩人の名前である。土曜日ごとに開かれるスキュデリー嬢のサロンは、ランブイエ館のそれよりもっと文学的で、もっぱらプレシオジテ（あとで説明するが、「気取り」とか「もったいぶり」とかを意味する言葉）によって知られていた。彼女の最初の小説『大シリュス』は、全十巻という厖大な長さのもので、今では退屈で誰も読む人がいないが、当時は社交界の女たちに争って読まれ、彼女らの紅涙をしぼったものである。

小説『クレーヴの奥方』によって日本でもよく知られているラファイエット夫人も、その自宅に親しい友人を招いていたが、彼女は「霧夫人」という渾名をつけられるほど、派手なことの嫌いな性格の女性だったから、サロンというほどの集まりではなかったと思われる。むしろサロンで有名なのは、サブレ侯爵夫人、ラ・サブリエール夫人、スカロン夫人、ポーレ嬢、アラゴネ夫人などであるが、いずれも日本ではあまり知られていない人物だから、ただ名前を引用するだけにとどめておこう。

それよりも、サロンに集まった連中が、いったいどんなことをして遊んだり楽しんだりしていたのか、ということを少しばかり述べてみたい。

サロンでは、もちろん文学論や哲学論、それに恋愛論や人生論が語られていた。また新作の詩や戯曲が作者によって読み上げられたり、即興の芝居が演じられたりすることもあったし、晩餐会や舞踏会が行われることもあった。しかし十七世紀の社交界から生まれた、「箴《マク》言《シム》」とか「肖像《ポルトレ》」とかいった、独特な文学ジャンルを無視するわけには行かないだろう。それらはサロンで、大ぜいの人々に批判されながら、徐々にその形を美しく簡潔に磨きあげて行ったのである。

箴言《マクシム》と言えば、私たちはすぐラ・ロシュフコー公爵のそれを思い出すが、彼はこの痛烈にして苛酷な人間性告発の文章を、サブレ夫人のサロンで練り上げたのだった。サブレ夫人自身も箴言が得意で、彼女のサロンでは、皮肉な箴言つくりが流行していたのである。ラ・ロシュフコー公爵の辛辣な箴言の例を一つだけ挙げておこう。いわく、「色恋をしたことのない女はあり得るが、一度しか色恋をしたことのない女は、めったにない。」

肖像《ポルトレ》というのは、本来は肖像画の意味であるが、ちょうど肖像画を描くように、ある人物の特徴や性格を文章で描き出す遊びのことで、これも十七世紀のサロンで大いに流行した。箴言も肖像も、簡潔的確なフランス語の表現と、リアリスティックな人間性観察に寄与するところとなり、かくてサロンは、フランス古典主義に特有なモラリスト文学を生み出す温床となった。モラリスト文学、つまり人間性を研究する文学である。

このように、一方では冷静な目で人間性の偽善をあばいたり、恋愛に伴う虚栄心を摘出したりしていたが、もう一方では、サロンは恋愛の理想化をも促進していた。恋愛がこれほど理想化され、人々がこれほど容易に涙を流したり、恋やつれしたりしていた時代はあるまい。アンドレ・モーロワによれば、「英雄的な理想を戦場の行為によって実現することがもはやできないために、人々は恋愛のなかに理想の隠れ家を探し求めた」のである。皮肉な見方をすれば、貴族階級が安定し、平和を謳歌するような時代だったので、恋愛でもする以外には何もすることがなかったのかもしれない。恋愛の理想化は、やがて恋愛の遊戯化をも結果せしめた。スキュデリー嬢のサロンで人気を集めていた「愛の国の地図」というのが、その面白い例である。

「愛の国の地図」というのは、スキュデリー嬢の考案した空想上の地図で、山や川や町や村に、それぞれ恋愛に関係のある名前がついているのである。たとえば、「情愛の町」とか、

「尊敬の町」とか、「恋文の村」とか「服従の村」とか、「薄情の湖」とか「反感の海」とかいった名前である。私たち人生の旅人は、誰でもこの「愛の国の地図」をたどって行かなければならないわけである。たわいない遊びであるが、恋愛が最大の関心事であった当時の男や女は、サロンに集まって、こんな地図を眺めては、溜息をついたり涙を流したりしていたのである。当人は大真面目なのであるが、私たち後世の人間から見れば、これは恋愛の遊戯化よりほかの何物でもあるまい。この地図は、やはり全十巻の尨大な量に及ぶ、スキュデリー嬢の小説『ラ・クレリー』の第二巻に挿入された。

　当時のサロンの女たちが讃美していた恋愛は、もちろんプラトニックな恋愛である。プラトニックでさえあれば、しばしば夫のある女が、妻のある男を愛しても差支えないような雰囲気さえあった。肉体を伴わない姦通を、フランス語で「白い姦通」という。サロンの恋愛遊戯のために、無意識の「白い姦通」は大流行したと考えなければならない。男は女を愛さなければならず、女は男に愛されなければならない――それがギャラントリー（慇懃）というものだとすれば、ギャラントリーのおかげで、姦通は正当化されていたのである。『クレーヴの奥方』に描かれた苦しい恋も、そのような当時の理想的な恋の形態だった。やがて次の時代に、この恋の形態は堕落して、放縦な肉の恋愛に席を譲るようになる。

才女たち

モリエールが戯曲『笑うべき才女たち』のなかで、十七世紀のサロンの貴婦人たちの気取った言葉づかいを嘲笑して以来、どうやら彼女たちの滑稽な面ばかりが強調されるようになってしまったようであるが、しかし、一部におけるサロンの女たちの身につけた、男も顔負けの驚くべき学識について、口をつぐんでいるのは片手落ちであるように思われる。

もっとも、この当時、一般の女たちの教育程度は、考えられないほど低かったようである。十六世紀の輝やかしいヴァロワ王朝時代には、フランス国民のなかに、読み書きのできない者はほとんどいないというほどであったのに、打ちつづく宗教戦争のために、首都や地方の学校がすべて閉鎖されてしまい、十七世紀の初頭には、文字通り無学文盲のひとも珍らしくないという有様だったのだ。とくに女子教育は惨澹たるものだった。アンリ四世の頃、ようやくウルスラ会とかアウグスティノ会とか聖母訪問会とかいったキリスト教の女子修道会が、女子教育の再建に乗り出したが、それでも焼け石に水であった。

おもしろい例をあげておこう。哲学者パスカルの友人であったルアネ公爵の母親は、まるで字が読めなくて、息子に読み書きを教えることもできなかったという。また宰相リシュリューの姪で、大コンデ家に嫁したブレゼ嬢は、あまりに読み書きができないため、結婚後ふたたび修道院に送り返されて、あらためて勉強のやり直しをさせられたという。フランス最高の家柄の娘たちが、こんな情けない有様だったのである。

女流作家のスキュデリー嬢は、上流階級の女たちのあいだにも、まるで無学文盲の連中がたくさんいて、「呆れてしまうほどです」とつくづく語っている。こうした憂うべき状態は、十七世紀の終りになっても大して変らなかったらしく、一六九〇年の調査が明らかにしているところでは、庶民階級の娘たちのなかで、結婚契約書に自分の名前を署名することのできる者は、全体の十四パーセントにすぎなかったという。おそるべき教育程度の低下であった。

ところで、一部のサロンでだけは、まことに活潑な知識の交流が行われていた。こうした傾向は、フランスではルイ十三世の頃から始まったようである。女は政治や社会の建設に参加しないので、それだけ学問や芸術に専念する余暇があったのかもしれない。当時はキリスト教の修道院よりほかに、これといった女子教育の機関はないはずだったが、サロンにおける対話や読書や、あるいは家庭教師の指導などによって、貴族階級の女たちはしばしば、その夫よりも優れた学識を身につけることに成功していたのである。こうして、教養の面における、一種の奇妙な女性上位時代が現出したのだった。

家庭教師は、当時の女たちが教養を身につけるための、いちばん確かな手段だったし、女が主宰するサロンに文学者を迎え入れるための、大事なチャンスともなるものだった。セヴィニェ夫人とラファイエット夫人は、ともに娘の頃、博学な文学者メナージュからイタリア語、スペイン語、ラテン語の教えを受けた。このメナージュという男は、いつも美しいお弟子に失恋ばかりしている気の毒な男で、モリエールの『女学者たち』のなかでも、さんざん嘲弄されている。当時の四行詩に、彼を諷した次のような作品があったという。

伯爵夫人や侯爵夫人はあきらめたまえ
メナージュよ、君の腕では覚束ない
色よい返事をもらう代りに
むだにラテン語を喋るばかり

ゲネメ伯爵夫人アンヌ・ド・ローアンは、何人もの家庭教師をやとって、あらゆる方面の知識を吸収していた。あるとき、彼女のヘブライ語の先生が、ぼろぼろの服を着ているのを見ると、彼女の夫は眉をひそめて、次のように妻に警告を発したという。「奥さん、気をつけていないと、あの男はやがて別のことをあなたに教えはじめますよ」と。

ヘブライ語で旧約聖書を読み、ユダヤ教の原典タルムードを研究していたゲネメ伯爵夫人は、しかし、決して特別な例外ではなかったのである。サロンの女たちの誰もが、何か他人のとても近づき得ない、変った領域で研究を積んで、自分の存在を目立たせようと苦心していた。ブルロン嬢は地理学の大家で、女だてらに築城術の心得があった。しかし文学者のソメーズは、彼女について皮肉なことを言っている。「彼女は城を攻撃する技術を教えてもらったようだが、防禦する技術は教わらなかったものと見える」と。

シャテニエール嬢は化学の愛好家で、自宅に炉をつくって、ひそかに錬金術の研究に打ちこんでいた。ビュイッソン夫人は数学が大好きで、自宅に天文学者を招いて、彼らと一緒に日蝕を観測していた。フランス以外でも、たとえばスエーデンのクリスティナ女王などは、数カ国語に通じ、あらゆる学問の領域に関心を寄せ、その宮廷に哲学者デカルトをはじめとして、当時の大学者を次々に招いて、彼らと熱心に討論するといった、男まさりの旺盛な知的好奇心を示している。

ドイツにも、三十歳になるかならぬかのうちに、ヨーロッパ中に名声を謳われたアンネ・マリー・シュールマンという桁はずれの女学者がいる。ラテン語、ギリシア語はもちろんのこと、彼女はヘブライ語、アラビア語、エティオピア語まで修め、さらに音楽、絵画、彫刻などにも造詣が深かった。スエーデンのクリスティナ女王、ポーランドのマリア女王が、彼女に会うためにユトレヒトの町を訪れた。ユトレヒト大学は、彼女の学識を重んじて、学位論文公開審査会に出席することを彼女に許可したが、これはそれまで、女には絶対に許可されないはずのものだった。デカルトも彼女に手紙を出して、彼女に会いに行ったことが知られているし、バルザック、メナージュ、シャプランなどといったフランスの文学者連中も、しきりに彼女の才能を讃めそやしている。

このシュールマン嬢は、しかし、それほどの学者であったにもかかわらず、大へん女らしく慎しみ深い人柄だったようである。彼女はラテン語で論文を書いて、娘も男と同じように教育を受けるべきではあるまいか、という問題を提出した。ところが、この論文の批評を求められた神学者が、これに不満の意を示すと、彼女は黙って論文をひっこめて、当時としてはかなり大胆な、この説を発表することを差し控えたという。十七世紀の女学者は、どうやら今日のウーマン・リブのように戦闘的ではなかったようである。

男というものは、才女たちをちやほや讃めそやし持ち上げるけれども、彼女たちが自分の領域をおびやかすほど力を得てくると、今度は逆に、彼女たちを思いきって嘲笑するものである。むろん、サロンの女たちといっても、全部が全部、シュールマン嬢のように控え目な女ばかりだったわけではない。サロンの女たちの高慢ちきな才女気取りに対して、最も激しい皮肉を浴びせかけたのは、申すまでもなく、あの劇作家のモリエールであった。モリエールの芝居を見て、快哉を叫んだ男たちも少なくなかったはずである。

もともとサロンとは、エリート意識をもった貴族階級の閉鎖的なグループだったから、グループに属する仲間たちだけで、特別な言葉づかいや凝った服装をしたり、学問や趣味の高雅さを鼻にかけたり、ひけらかしたりするという傾向が生じるのは止むを得なかった。こうした「気取り」「もったいぶり」をフランス語で「プレシオジテ」と言い、こうした傾向に染まった女を一般に「プレシューズ」と言う。

モリエールの戯曲に戯画化されて描き出されているように、こうしたプレシューズたちは、立居振舞にも特別の細かな配慮をはらい、特別の気取った声を出す。粗野であることを避けようとするあまり、物の名前を直接に呼ぶのを嫌い、好んで比喩的な言いまわしをしようと心がける。たとえば、鏡のことを「魅力の相談相手」と言ったり、頰のことを「羞恥の玉座」と言ったり、蠟燭のことを「太陽の補い」と言ったり、かつらのことを「老人の青春」と言ったり、「髪の毛が白くなりましたね」と言うのを「あなたもどうやら恋の領収証をお持ちになりましたね」などと言ったりする。

比喩的な表現や凝った言いまわしは、たしかに言葉を洗練させるのに役立つものだろうが、それもあまり度がすぎると、このように滑稽なものにならざるを得ない。「プレシオジテ」という言葉にしても、もともと決して悪い意味をもつものではなかったはずなのに、一部のプレシューズたちが極端に凝りすぎた表現を競ったために、ついにモリエールのような諷刺的な精神に、その愚劣さを完膚なきまでに嘲笑される仕儀とはなったのである。鼻もちならない存在として、笑いの対象とされるようになってしまったのである。

『笑うべき才女たち』は一六五九年、国王ルイ十四世の前で上演され、華々しい成功をおさめて、モリエールは一躍、国王お気に入りの人気作家になった。もちろん、槍玉にあげられたサロンの才女たちから、劇作家は猛烈な反撃を受けた。しかしモリエールは、よほど才女が嫌いだったと見えて、一六七二年には『女学者』を書き、さらに学問のある女を槍玉にあげたのである。女と学問、それは本質的に喜劇の主題なのかもしれない。

自由思想家のサロン

十七世紀を代表する才女のひとりにはちがいないが、気取り屋のプレシューズたちとは大いに違って、その恋愛生活においても大胆奔放に振舞った女性がいる。やはり有名なサロンの女主人であったニノン・ド・ランクロがそれである。

ニノン・ド・ランクロのよく知られた言葉に、「プレシューズは恋愛のジャンセニストである」というのがある。ジャンセニストという言葉は、一般に厳格主義者あるいは禁欲主義者というほどの意味に用いられるから、このニノンの言葉は、プレシューズたちが肉体的な愛欲を卑しめ、純粋にプラトニックな愛情のみを求めたことを指しているのであろう。

サロンの才女たちが、プラトニックな恋愛や学問に固執するあまり、いかに世俗的な快楽を遠ざけて、身を堅く持していたかということは、たとえばランブイエ侯爵夫人の娘ジュリー・ダンジェンヌの例を見ても分ることである。

前にも述べたように、ランブイエ侯爵夫人の「青い部屋」は、十七世紀のサロンの草分けのような存在だったが、この「青い部屋」が多くの貴族や文人を惹きつけたのは、もちろん女主人の魅力と才能によるところもあったろうが、それ以上に、侯爵夫人の令嬢たる若いジュリーの美貌も、大きな力となっていたのであった。

美しい花に昆虫が群がるように、ジュリーのまわりにも、多くの崇拝者が群がっていた。その崇拝者のなかに、モントージエ侯爵という古い家柄の青年貴族がいて、彼女に熱烈な恋をするようになった。そのとき、すでにジュリーの方は二十七歳で、モントージエ侯爵は彼女より三つ歳下の、二十四歳であったという。二十七歳といえば、一般に早婚であった当時としては、もうオールド・ミスに近いようなものである。

モリエールの戯曲『女学者』のなかに、哲学が大好きで、そのために、どうしても結婚するのが嫌だと駄々をこねる、アルマンドという娘が登場するが、この二十七歳のジュリーもアルマンドに似て、青年貴族の結婚申し込みを、なかなか承知しなかった。侯爵はひたすら辛抱強く待っていた。そうして七年後の一六四一年五月二十二日、侯爵は彼女の誕生日のお祝いに、豪華な特製本の詩集を贈ったのである。

この詩集は、名高い悲劇詩人コルネイユなどを含む、当時のすぐれた詩人の作品を集めたもので、紙ではなく、仔牛のなめし皮のページに、書家ジャリの見事な筆蹟で手写されていた。しかも、各ページには、画家ニコラ・ロベールの描いた美しい花の絵が挿入されている。印刷本ではなく、すべて手づくりの本である。たったひとりの女性のために、わざわざ書家や画家を動員して作られた、今日ではとても考えられないような、超豪華本というべきであろう。

この豪華本のプレゼントは、たちまち社交界の大評判となり、「ジュリーの花飾り」と呼ばれて、ひとびとの羨望の的になった。それでも彼女は色よい返事をあたえなかったというから、まことに強情な娘である。ようやく、モントージエ侯爵の恋がかなって、ジュリー・ダンジェンヌが結婚の承諾をあたえたのは、それからさらに四年後、一六四五年のことであった。何と十年以上も待たされて、かつては青年貴族であった侯爵もすでに三十五歳、花嫁のジュリーの方は、三十八歳の姥桜となっていた。

ニノン・ド・ランクロのいわゆる「恋愛のジャンセニスト」というのは、こういう結婚嫌いの頑固な才女のことを指していたわけである。

しかし一口に才女といっても、このジュリー・ダンジェンヌのように、全部が全部、官能的な欲望を嫌悪する、こちこちの禁欲主義者ばかりだったというわけではない。なかには浮気な女もいたし、快楽主義的な哲学を信奉している女もいたのである。ニノン・ド・ランクロが、その代表者である。

だいたい、当時のサロンにおいては、女主人がベッドの上に半身を起して、男の客を迎えるという習慣だった。ベッドのまわりに椅子が置いてあって、客はその椅子に腰かけて、ベッドのなかの女主人と会話を交わすのである。そればかりか、男の客を前にして、小間使を呼んで着替えを手伝わせたり、化粧をしたりするということもあった。今日の私たちの感覚からすれば、何だかひどく放縦のような気もするだろうが、それが普通の習慣だったのである。しかし一方、そんな風に道具立てが整っているのだから、いつでも男女が一緒に寝ようと思えば寝られたことも事実であろう。

ニノンは一六二〇年生まれであるから、その生きた時代は十七世紀の後半である。この頃になると、キリスト教の権威を頭から馬鹿にして、自分の不信心を大っぴらに宣言したり、快楽主義的なモラルを堂々と実行に移したりする者が現われ出した。それがいわゆるリベルタン（自由思想家）である。ニノンの父も、そういう思想の持主で、彼女は父から快楽主義的な生き方を教えこまれたのだった。しかも彼女は非常な美貌で、才気煥発で、ごく若い頃から、当時の著名人の多くと肉体的関係をもったことが知られているので、ギリシア時代の才色兼備の高等娼婦にたとえられることがあるほどである。

ニノンより十歳年上の文学者サン・テヴルモンも、彼女ときわめて親密な間柄であったから、この快楽主義的自由思想家からも、彼女は大きな影響を受けたはずである。

さしずめ日本で言えば、あの平安中期の情熱の歌人、和泉式部のような女性ということになるだろうか。情事に関する彼女の逸話や伝説は、たくさんある。たとえば、ルイ大王はどんな女でも自分の愛妾としてしまうほどの、ほしいままな権勢に恵まれていたけれども、ニノンにだけはきっぱり拒絶されたという。ひとたび大王の愛妾になれば、ヴェルサイユ宮殿に君臨する輝やかしい権力を手に入れることができるのだから、これを断わったとなると、よほどの見識と言わねばならぬ。

また、同じく大へんな才女であったスエーデンのクリスティナ女王が、たまたまパリを訪れたとき、風俗を乱したという理由で郊外の修道院に押しこめられていた、ニノン・ド・ランクロをわざわざ見舞っている。自由思想は、このようにフランスの国外にも、また男性ばかりでなく女性にも、その同調者を見出していたのである。

一六七〇年、ようやく五十歳になると、ニノンはそれまでの華々しい恋愛遍歴をふっつりとやめて、自宅に哲学サロンをひらき、作家や詩人や学者たちを招くようになった。といっても、たとえばランブイエ侯爵夫人のサロンや、スキュデリー嬢のサロンとは大いに色合いが違う。つまり、ニノン・ド・ランクロのサロンは、お上品ぶった、気取った、プラトニックな恋に悩むプレシューズたちのサロンではなくて、自由思想家のサロン、陽気な快楽主義哲学のサロンだったのである。

ニノンのサロンでは、集まった自由思想家たちが、自分たちの不信心を互いに自慢し合っていた。自然の本性に従って、自由に肉体的な快楽にふけろうとしない臆病者を、彼らは詩のなかで嘲笑していた。酒を飲むことも、情事にふけることも、そこでは自由だった。

このような自由思想家たちは、もちろん当時の少数派であり、どちらかといえば危険思想の持主に近いような反体制の連中だったのであるが、それでも面白いことに、ニノンのサロンに出入りして、こういう連中とつき合うことが、当時は粋《いき》なことだとされていたのである。キリスト教のお勤めをちゃんと守っている、身分の高い貴族の奥方でさえ、ニノンのサロンに出入りするのを得意としていたのである。セヴィニェ侯爵夫人なども、ニノンとつき合うのを得意としていたし、ラファイエット夫人もマントノン夫人も、好んでニノンと親交を結んでいた。

あのフランス革命を準備した十八世紀の啓蒙思想家は、こうしたリベルタン、自由思想家の反逆精神を受け継いだのである。時代をリードする進歩的な思想は、このようにフランスの歴史では、いつでもサロンから生まれるのである。

ボーヴォワール女史は『第二の性』のなかで、次のようにニノン・ド・ランクロを賞讃している。

「高等娼婦は、ニノン・ド・ランクロのうちに、その最も完成された化身を見出す。女であることを利用することによって、彼女は女であることを超越するのである。男たちのあいだで生活しつつ、彼女は男性の資格を手に入れる。素行の自由は彼女を精神の独立へとみちびいた。ニノン・ド・ランクロはその当時、女に許されていたぎりぎりのところまで自由を高揚したのだった。」

ボーヴォワールの文章のなかに高等娼婦という表現があるからといって、べつに神経質になる必要はあるまい。これはかつて古代ギリシアでヘタイラーと呼ばれた、上流人士を相手とする、学問も才智もある遊女の階級を意味しているのである。

しばらくフランスの十七世紀を離れて、はるかに古いギリシアの文明を眺めてみよう。ギリシア末期からアレクサンドレイア時代にかけて、ヘタイラーは次第に歴史の表面に現われ、社会的に重きをなすようになってきた。彼女たちのある者は、著名な政治家や軍人や芸術家などと名を競い、彼らと同じ権利をもって、神殿に記念像を建てさせたり、文学作品のなかに名前を残したりしている。江戸時代の吉原の大夫のように、彼女たちは洗練された趣味と、気位の高さと、すぐれた社交性と、そして何よりセックス・アッピールとによって、文化のあらゆる面に必要不可欠の存在となっていたのである。

とくに名高いのは、アスパシア、ライス、フリュネ、テオドーラなどといった遊女たちで、彼女たちの住む家は、当時の最も著名な哲学者や文学者の出入りするサロンとなっていた。

おそらく、ヨーロッパのサロンの最も古い形態は、こうした高等娼婦たちの家だったのではないかと思われる。

その令名を今日にまで伝えている、美貌と才智によって名高いミレトス生まれの遊女アスパシアのごときは、アテネ最大の政治家であったペリクレスの愛人で、同時に、その政治上の相談役でもあり、しばしば秘策を授けていたというから、じつに大へんな女性である。彼女のサロンには、あの哲学者のソクラテスも足しげく通っていたという。

たぶん、こうしたギリシア的な高等娼婦のサロンの伝統が、中世の騎士道精神における女性崇拝の思想、いわゆる「愛の宮廷」の思想と結びついて、十七世紀に花ひらく本格的なサロンの土壌を形づくったのであろう。そう考えれば、ニノン・ド・ランクロの自由恋愛のサロンも、それほど特殊なものとは思えなくなってくる。

十六世紀のサッポーと呼ばれた女流詩人ルイズ・ラベのサロンも、約百年後のニノン・ド・ランクロのサロンを予告していた、と言い得るかもしれない。

ルイズ・ラベはリヨンの富裕な綱具商の妻で、「綱具屋小町」と呼ばれるほどの美貌の持主であり、しかも教養が深く、自分の周囲に多くの詩人たちを集めて、リヨン詩派のミューズのごとき存在となっていた。彼女が果たして自由恋愛を楽しんでいたかどうかについては、さまざまな異説があるようであるが、ボーヴォワールは躊躇せずに彼女を高等娼婦と呼んでいる。少なくとも彼女の官能的な詩を読む限りでは、私たちはボーヴォワールの説をそのまま踏襲したくなってくる。こころみに一部を引用してみよう。

ああ、あの方の美しく蕩《とろ》かすような胸に抱かれて、
息も絶え絶えになれるのならば、
もしも私に残された短い生命《いのち》をあの方と生きて、
私の欲望が消えることがないならば……

（川村克己訳）

こういう調子で歌われる詩の作者なのであるから、彼女が当時としてはめずらしい、愛欲の生活に身も心も焼きつくした、自由恋愛のチャンピオンなのではないかと誰しも考えたくなるのも無理はあるまい。

肉体的恋愛をひたすら恥ずべきことと考え、一切の家事や雑用を軽蔑して、ただプラトニックな恋愛のみに憧れていたプレシューズたちとは異なって、ルイズ・ラベやニノン・ド・

ランクロのような女性は、積極的に肉体の価値を肯定することによって、すすんで精神の独立と自由を手に入れようとしたのであった。そして、そのためにも彼女たちにとって、どうやらサロンは必要なものだったらしいのである。

十八世紀のサロン

十七世紀のサロンの特徴が、プレシオジテと呼ばれる狭い貴族社会の衒学趣味だったとすれば、十八世紀のそれは、もっと広い社会や現実の動きを反映した、哲学や思想に対する関心だったと思われる。一七八九年の大革命に向って突きすすむ潮流のなかに、十八世紀のサロンの歴史も位置づけることができるわけだ。十七世紀のサロンが貴族的なのに対して、そこではブルジョワが次第に大きな役割を演ずるようにもなってくる。

フランス革命の思想はサロンから生まれた、という説を唱える歴史学者もあるくらいで、当時の知識人の寄り集まっていたサロンは、啓蒙主義とか自由思想とか呼ばれる、一種の広範な文化運動の母胎となったのである。貴族階級のエリート意識から生まれたはずのサロンが、やがて貴族階級の息の根をとめるのに役立つことになってしまったのだから、皮肉といえば皮肉な話である。

十八世紀前半のサロンのなかで、有名なものを幾つか挙げるとすれば、まずパリの南のソーの町に、豪華な「ソーの館」と呼ばれるサロンをひらいたメーヌ公爵夫人を挙げなければならぬであろう。

彼女の旦那様は、太陽王ルイ十四世と愛妾モンテスパン夫人とのあいだに生まれた私生児である。メーヌ公爵夫人も、王家と血縁のある貴族の娘で、生まれた時から小人《こびと》だったため、「お人形さん」と呼ばれていた。しかし肉体的欠陥にもかかわらず才気縦横で、彼女の周囲には、政府に敵意をもつ大貴族が多く集まり、そのサロンは、さながら政治的陰謀の場と化した。ルイ十四世には多くの愛妾がいたので、その子供たちのあいだで権力争いが生じるのはやむを得なかった。名高い文学者であったフォントネルもヴォルテールも、彼女の庇護を受けたことが知られている。

しかし文学や思想の面で、もっと大きな影響を及ぼしたのはタンサン侯爵夫人のサロンであったろう。彼女は当時の有名なプレイ・ガールとも称すべき女性で、その生涯に情交を交わした恋人の数は、二十何人とも、あるいは三十何人とも言われているほどだ。しかも、その相手はいずれも貴族社会の第一級のエリートである。彼女がサン・トノレ街の邸にサロンをひらいたのは、しかし五十一歳の時だから、その華やかな恋愛遍歴は、一応、終っていたと考えるべきだろう。

タンサン侯爵夫人は、文筆家としても一流の人であり、また権勢欲が強く、その情交関係を利用して、政治や外交の面にまで介入しようとした。よかれあしかれ、そこには十八世紀に特有な、男まさりの女傑のイメージがある。全ヨーロッパに鳴り響いていた彼女のサロンには、フランス人ばかりでなく、当時の先進国であったイギリスの政治家たち、たとえばチェスターフィールドとか、ボーリングブルックとか、プライアーとかいった連中までが登場した。こうした国際的な知的交流は、十七世紀までのサロンには全く見られなかった特徴であり、十八世紀のパリのサロンが、やがて「ヨーロッパのカフェ」として四囲に君臨するようになるために、彼女の先駆的なサロンは大いに貢献したのである。

もう一つ、タンサン侯爵夫人のサロンに現われていた十八世紀的な特色は、そこに当時の啓蒙哲学者たち、やがて有名な百科全書の編集に参加することになる、多くの急進的な思想をもつ哲学者たちが登場していたということだろう。唯物論的な快楽主義の哲学を発表したエルヴェシウスも、夫人のサロンの常連だったし、私有財産制を攻撃した共産主義の先駆者たるマーブリも、彼女の庇護によって、初めて貴族社会に出入りすることができるようになったのである。これらの哲学者たちを周囲に集めていたタンサン夫人のサロンは、文化的にも政治的にも、陰の一大勢力をなしていたかの観があった。

さらにもう一つ、タンサン侯爵夫人の生涯には面白いエピソードがある。あまり名誉なことではないかもしれないが、そのためにフランス思想史に不朽の名を残すことになったエピソードである。

彼女はまだ若いころ、何人目かの恋愛の相手として、のちにフランス砲兵隊の大立物になったデトゥーシュという男と関係した。この男は、劇作家のデトゥーシュと区別するために「大砲のデトゥーシュ」と一般に呼ばれているが、この男と彼女とのあいだに、私生児が生まれてしまったのである。しかし恋愛遊戯に明け暮れていたタンサン夫人は、何の未練もなく、生まれた赤ん坊をパリのサン・ジャン・ル・ロン教会の階段の上に捨ててしまった。当時はまだコイン・ロッカーというものはなかったのである。

捨てられた子供は、付近に住むガラス職人ダランベールの妻に拾われて、その手で温く育てられた。父親のデトゥーシュ将軍は、間もなく経済的な面倒を見てやるようになったらしいが、タンサン夫人の方は、死ぬまで頑として自分の子ではないと言い張った。この子供こそ、やがて二十三歳の若さでアカデミー会員に選ばれ、啓蒙思想家の中心として百科全書の編集刊行にあたり、数学者としても物理学者としても哲学者としても、十八世紀を代表する文人のひとりと見なされるようになったジャン・ル・ロン・ダランベールである。その名前は、彼が赤ん坊の時に捨てられていたパリの教会の名にちなんで、ガラス職人の養父母からもらったものである。哲学者ダランベールの冷たい母として、タンサン夫人の名前は、どんなフランス思想史にも必ず出てくる名前になってしまった。

哲学者を多く集めていたとはいえ、タンサン侯爵夫人のサロンは、身分の高い貴族夫人の主宰するサロンであったことに変りはないが、次のジョフラン夫人のサロンになると、これはもう、完全にブルジョワ中心のサロンだと言うことができる。それだけ時代がすすんだわけであろう。

ジョフラン夫人マリー・テレーズは「サロンの女王」と謳われたが、もとより貴族の生まれではなく、その父は、フランス王太子妃の従者という低い身分の男だった。その夫は、有名なサン・ゴバンのガラス工場の監督で、最初の結婚で死んだ妻から莫大な遺産を受け継ぎ、思いもかけず大金持になったという男である。マリー・テレーズは十四歳のとき、この無学文盲の五十がらみの男やもめに見染められ、結婚して大金持のジョフラン夫人となったわけだった。

前にも述べたように、当時の貴族の娘は主として修道院で読み書きを習ったものであるが、ジョフラン夫人は庶民の出で、全く教育を受けていなかったから、字も満足には書けなかったそうである。しかし生まれつき頭がよく働き、きわめて如才ない性質だったから、タンサン夫人のサロンに出入りしているうちに、耳学問であらゆる知識を得た。これが後に、サロンをひらいた時に大いに役立ったわけである。

ジョフラン夫人がタンサン夫人に対抗して、サン・トノレ街の自宅にサロンをひらいたのは、彼女がようやく三十歳になるころで、御亭主のジョフラン氏はすでに七十歳近くになっていた。ジョフラン氏は若い妻の言うことを何でも肯いていたから、彼女は十五万リーヴルの年収を惜しみなく、そのサロンのために注ぎこむことができた。サロンに客を集めるのは週二回で、月曜日と水曜日だった。こうして、彼女のサロンは二十五年間以上、パリで第一の成功したサロンとして、あらゆる階層のひとびとを惹きつけることになったのである。

それまでのサロンには、貴族でなければせいぜい名高い学者か芸術家か、あるいは裕福なブルジョワしか招かれることがなかったのに、ジョフラン夫人の新らしい空気にみちたサロンには、画家や彫刻家のような、当時は職人としか見なされていなかったような連中まで招かれた。しかしこれらの芸術家連中と、文学者の仲間と、貴族階級に属するひとびととは厳重に区別されていて、決して一緒には招かれなかったというから、やはり時代の限界を感じさせる。タンサン夫人のサロンと同様、外国人も多く集まり、イギリスの文人ウォルポール、同じくイギリスの哲学者ヒューム、イタリアの経済学者ガリャーニ、それにアメリカの政治家フランクリンなどが出入りした。モーツァルト少年もここで演奏したことがあるという。

ジョフラン夫人のサロンがこれほど評判になり、多くのひとびとが彼女の客になることを無上の喜びとしたのは、もちろん、女主人の如才ない客あしらいのためでもあろうが、それと同時に、ここで出される料理が贅沢な、天下一品の味だったからだとも言われている。これはいかにもフランスらしいことであり、しかも、ブルジョワのサロンらしいことである。美味しい葡萄酒や料理に舌鼓を打つサロンの雰囲気は、あのかつてのプレシオジテの支配した、堅苦しい禁欲的なサロンの雰囲気とは、天地雲泥の相違だからである。

といっても、ジョフラン夫人のサロンに学問的な雰囲気が欠けていたというわけではない。百科全書の一部は、マルモンテル、ダランベール、ヴォルテールなどの文人の出入りしていた彼女のサロンで作られた、と言われているほどだからだ。しかも彼女は、百科全書派の貧乏な哲学者たちに、莫大な物質的援助まであたえていた。客のなかでの変り種としては、のちのポーランド国王スタニスラフ・アウグスト・ポニアトフスキーが数えられるだろう。彼はジョフラン夫人を母のように慕っていて、「ママン」と呼んでいた。彼がポーランド国王になったとき、彼女は招かれてワルシャワに旅行し、手厚くもてなされた。ウィーンのマリア・テレサも彼女を宮廷に迎えた。それほど、彼女の盛名はヨーロッパ中に鳴り響いていたのである。

前にも述べたが、彼女の御亭主のジョフラン氏は、夫人の前では影の薄い存在でしかなく、いるのかいないのか分らないような存在だったらしい。これについては面白いエピソードがある。夫人のサロンの常連のひとりが、あるとき長い旅行をして、久方ぶりにサロンに出席すると、次のように夫人に尋ねた。

「ほら、いつも部屋の隅っこに坐っていて、一言もしゃべらない老人がいたじゃありませんか。今日はお見えにならないようですが、あのかた、どうかしたのでしょうか。」

これに対して、ジョフラン夫人は平然として次のように答えたという。

「ああ、あのお爺さんなら死にましたわ。あれはあたくしの夫だったのです。」

嘘のような話であるが、いかにも御亭主を尻に敷いた、サロンの女王にふさわしいエピソードではなかろうか。

そのほかにも、十八世紀の哲学的なサロンはたくさん知られているけれども、とくに私がここに採りあげたいと思うのは、書簡文学者としても名高いデュ・デファン侯爵夫人のサロンである。

彼女もまた、二十二歳で愛していない夫と結婚してから、放縦な遊蕩三昧の生活にとびこみ、当時の著名人の多くと関係をもったが、五十歳になると同時に、サン・ジョゼフ修道院の一室に閉じこもって、ここにサロンをひらいたのだった。非常に聡明な女性で、ややニヒリスティックなところもあり、男と関係しても、心から相手を愛することができず、一生涯、倦怠に悩んでいたようなところがある。ジョフラン夫人のサロンと対抗していた彼女のサロンには、ヴォルテール、モンテスキュー、ダランベールを初めとする高名な哲学者のほか、ヒューム、ウォルポール、それに歴史家のギボンなどといったイギリス人も出入りしていた。

不幸なことに、デュ・デファン夫人は五十歳の半ばで、ほぼ完全に視力を失ってしまった。そこで秘書役のレスピナス嬢に本を読んでもらっていたが、彼女とも不仲になり、レスピナス嬢は夫人と別れて、新たに別のサロンをひらき、しかも夫人のサロンの常連の一部を奪ってしまったのである。しかし、そんなことよりも、夫人の生涯の一大事件ともいうべきは、彼女が六十八歳のころ、自分より二十歳近くも若いイギリスの名門の文人、彼女のサロンの常連であったホレース・ウォルポールに熱烈な恋心をいだくようになってしまったということだろう。

それ以後、死ぬまで十五年間、七十歳の老夫人が、小娘のような初々しい情熱で、海の向うのイギリスの貴族に綿々と恋文を書きつづけるのである。それまで、ついぞ真剣な恋というものを知らなかった彼女が、いかなる運命の神のいたずらか、七十歳の老境にいたって、ようやく愛の悩みを悩みはじめるのだ。もちろん、彼女は盲目であるから、その目で男の姿を眺めることはできはしない。ただサロンで会っているとき、男の声を聴き、男の話に親しく耳を傾けるだけだ。皮肉な見方をすれば、男の姿が見えないからこそ、彼女の恋愛は燃えあがったのだと言えるかもしれない。しかし、そう言っても、彼女の恋愛が本物であるということに変りはない。生きる理由と絶望とを、彼女は同時に発見したのである。

デュ・デファン夫人の書簡は、ヴォルテールやショワズール公爵夫人に宛てたものも残っているが、むろん、ウォルポール宛てのものがいちばん多い。手紙のなかで、彼女は諦めきれない恋心とともに、若いころから彼女を苦しめていた、人生の悩みをも切々と吐露している。時代の病いともいうべき倦怠が、懐疑的で冷静な女性の魂を蝕んでゆく過程が分析されているのである。そうした意味でも、デュ・デファン夫人の書簡は、十八世紀の女性の誠実な魂の記録として稀有なるものであろう。

十八世紀のパリのサロンは、こうして貴族やブルジョワのすぐれた女主人に主宰されて、全ヨーロッパの文学者や芸術家の憧憬の的となり、フランスの文化的覇権を強化することに貢献したのである。フランスが自由の祖国となり、革命の祖国となるためには、サロンという形で表明された、このような女性の抱擁力、女性の庇護の力が必要だったわけだ。そう考えれば、フランス大革命はサロンから生まれたという意見も、決して奇矯な意見とは言えなくなってくるだろう。

ベル・エポックのサロン

フランス大革命後のサロンは、同じようにサロンという名で呼ばれたにしても、もはや十七世紀や十八世紀のサロンとは別のものと考えなければならぬ。第一に、革命後のフランスは、ブルジョワジーの世の中になってしまったからで、よしんば新興ブルジョワの富裕階級や旧貴族がサロンの伝統を受け継いだにしても、それらは文化や流行の面で指導的な役割を果たすことができなくなってしまったからである。十九世紀とともに、社会情勢も一変し、ジャーナリズムも発達し、芸術や文学も、べつだん特権階級のサロンに依存する必要がなくなってしまったのである。

十九世紀の初頭には、スタール夫人やレカミエ夫人のサロンのような、まだ十八世紀の哲学的な伝統を伝える、女主人を中心とした文芸サロンが残存していたが、すでに昔の面影はなくなっていた。文学者との関係で言えば、スタール夫人とバンジャマン・コンスタン、レカミエ夫人とシャトーブリアンとの友情はよく知られている。

むしろサロンの伝統は、著名な文学者を中心とする、文壇のグループの方へ移って行ったと見るべきかもしれない。ロマン派の文学者たちは、いずれもブルジョワ社会の醇風美俗と敵対する、反俗的、高踏的な姿勢を堅持していたから、この点でも、彼らのサロンは従来のそれと大きく異っていた。シャルル・ノディエ、ヴィクトル・ユゴーなどといったロマン派の頭目の周囲に群がっていた青年作家たちは、むしろ現在のヒッピー族に近かったのではないかと思われる。

すでに貴族社会は崩壊していたので、貴族社会が理想とする紳士《オネ・トンム》の概念も崩壊していたし、それに代るべき、ブルジョワ社会の理想型はまだ見つかっていなかった。いや、実利主義と金銭万能のブルジョワ社会の理想に、芸術家連中は精いっぱい憎悪の焔を燃やしたのである。かつては貴族のサロンに庇護されていた芸術家連中が、庇護を失い、独り歩きしなければならなくなると同時に、彼らはグループを成して、社会と対抗する立場を選ばざるを得なかったのである。文壇とはそういうもので、これは厳密に言えば十九世紀以後の産物であろう。

文学者のサロンについて述べれば、十九世紀における著名なサロンには、さらにゴンクール兄弟、フローベール、エレディア、ゾラ、ドーデ、マラルメなどのサロンがあった。これらのサロンのあるものは、新らしい文学運動と切っても切れない関係にある。たとえば、ゾラのメダンの別荘には、やがて自然主義の黄金時代を築くことになった、モーパッサンやユイスマンスを初めとする若い作家連中が集まっていたし、パリのローマ街にあったマラルメの自宅の火曜会には、象徴派に属する詩人や小説家ばかりでなく、印象派の画家や音楽家や、のちの二十世紀文学に決定的な影響をあたえた、ヴァレリーやジッドのような青年作家も集まっていたのである。こうしてみると、先に述べたヴィクトル・ユゴーの場合をも含めて、新らしい文学上の一派が興るところには、いつも何らかの形でのサロンがあったと言えそうである。

昔の面影をいくらか残した、宮廷風のサロンも完全に滅び去ったわけではなかった。第二帝政から第三帝政時代にかけて、ボナパルト家とつながりのある二人の女性がサロンを主宰した。ひとりはナポレオン三世の妻であるウージェニー皇后、もうひとりはナポレオン一世の弟の娘であるマティルド公妃であった。いずれも、革命後のフランスの新らしい宮廷生活の中心となり、ヨーロッパの流行界に君臨した女性である。

ウージェニー皇后はスペインの大貴族モンティホ伯爵の娘として、グラナダで生まれ、パリでナポレオン三世に見染められて、二十七歳で結婚した。非常な美人であったが、しばしば政治に口を出し、普仏戦争の失敗も彼女の責任によるところが大きいという。ナポレオン三世は彼女の尻に敷かれていたのである。それはとにかく、彼女もフランスの名流夫人らしく、文学や芸術の愛好家をもって任じていたから、チュイルリの王宮をはじめ、コンピエーニュやサンクルーやビアリッツの離宮に、しばしば文学者を招いてサロンをひらいた。皇后といちばん親しかった文学者はメリメで、すでに皇后の娘時代からの知り合いだった。『カルメン』の作者が自由主義から保守主義に立場を変え、やがて上院議員に任じられたのも、皇后の口添えによるものであることは言うまでもない。

マティルド公妃はナポレオン三世の従妹で、許嫁の仲であったのが、事情があって破談になったという経歴の持主なので、ウージェニー皇后とは微妙な対立関係にあった。色好みのロシアの貴族と離婚してから、彼女はパリのクールセル街にサロンをひらき、フローベール、ゴーティエ、サント・ブーヴ、テーヌ、ルナン、メリメなどの錚々たる文学者を身辺に多く集め、「芸術の聖母」と呼ばれた。彼女もまた、非常な美貌の持主で、自分でも絵を描くほど、芸術的才能に恵まれていたというが、いかにもナポレオン家の血をひく女性らしく、わがままで勝気だったため、よくサロンに出入りする文学者たちと喧嘩をした。フローベールの手紙には、彼がひそかにマティルド公妃に恋をしていたことが語られているという。のちに述べるが、青年時代のプルーストも、そのころすでに七十歳になっていたマティルド公妃のサロンに出入りしている。十九世紀の半ばから五十年以上にわたって、彼女のサロンは、パリの名高い文学者をことごとく惹きつけていたわけである。

このように、社会が安定してくるとともに、文学者とサロンとの関係は、ふたたび勢いを盛り返してきたように見えないこともないが、いま述べたような宮廷風のサロンはむしろ例外であって、当時のサロンの大部分は、ブルジョワジーの爛熟期にいかにもふさわしい、もっとブルジョワじみた空気のサロンだったようである。

第一次世界大戦を前後として、ほとんどサロンは滅び去ったと言われており、サロン出身の文学者もまた、跡を絶ってしまったように見受けられるが、そのなかにあって、例外的な地位を占める文学者がアナトール・フランスとマルセル・プルーストの二人だったようだ。

十九世紀の末から第一次世界大戦までの社会の安定期を「ベル・エポック」（良き時代）と称するが、この時代が、おそらくサロンの最後の輝きを見せた時代なのである。多くのブルジョワのサロンが数えられるが、とくにアナトール・フランスと関係の深かったカイヤヴェ夫人のサロンについて語ろう。

レオンティーヌ・アルマン・ド・カイヤヴェ夫人の父はボルドーの造船業者で、ナポレオン三世と親交があったそうである。だから、娘のレオンティーヌの結婚式はチュイルリ王宮の聖堂で行われ、ウージェニー皇后とともに皇帝も式に列席した。俗物の夫とは性格が合わず、結婚生活は不幸だったが、生まれつき読書好きで、旺盛な知識欲があったため、まずオーベルノン夫人のサロンで頭角をあらわし、やがて自分も、レーヌ・オルタンス街（現在のオッシュ通り）の自宅にサロンをひらくようになった。オーベルノン夫人のサロンといえば、イプセンの『人形の家』やベックの『パリの女』が初上演されたほどの、当代一流の華やかな文芸サロンであったが、カイヤヴェ夫人は、アナトール・フランスをも含めたそこの常連を彼女から奪ってしまうのである。そこで、これまで大の親友であった二人の女は、まるで十八世紀のデュ・デファン夫人とレスピナス嬢のように喧嘩別れしてしまうのである。

カイヤヴェ夫人がオーベルノン夫人のサロンから奪った常連は、フランスのほかにも、そのころ人気絶頂の小説家デュマ・フィス、批評家ジュール・ルメートルなどがあった。フランスは風采もあがらず、臆病で吃り癖があったので、最初はサロンで全く目立たない存在だったが、やがて三、四年もたつと、カイヤヴェ夫人の大のお気に入りとなり、サロンの中心的人物となってしまう。そればかりか、フランスは妻と離婚して、毎日のように、夫人の家に食事をしに行くようになり、のちには夫人の家の図書室で仕事をするようにもなる。怠け者で、およそ野心のないフランスが、『タイース』を初めとする名作を次々に生み出すようになるのは、夫人によって規則的な生活の習慣をつけられたためだともいう。カイヤヴェ夫人は、恋人のフランスを大作家にしようと懸命だったのである。

一八八九年、当時オルレアンの連隊に入営していた若き日のプルーストが、軍服姿で、初めてカイヤヴェ夫人のサロンに現われたとき、彼はアナトール・フランスに紹介されて失望した。プルーストはかねがね、その作品を愛していたフランスの相貌を「温顔白髪の詩人」のように想像していたのだが、実際には、「かたつむりのような赤い鼻と黒い顎ひげを生やした」四十五歳の中年男でしかなかったのである。

プルーストは、すでにリセ・コンドルセに学んでいた頃から、友人のあいだでスノッブ(時流を追う者、俗物などの意)と呼ばれるほど、社交生活に大きな憧憬をいだいていた。彼が最初に足を踏み入れたサロンの女主人ストロース夫人は、級友ジャック・ビゼの母親であり、有名な歌劇『カルメン』の作曲者の未亡人である。そのほかにも、プルーストは前に述べたマティルド公妃のサロンに出入りしているし、オーベルノン夫人のサロンにも出入りしている。

友人のリュシアン・ドーデの言によれば、社交界はプルーストにとって、「植物学者にとって花が大切であるように大切であったので、花束を買うお洒落紳士に花が大切なのとは別物」であったというが、たしかに後年、あの大作『失われた時を求めて』を書く上に、若き日の社交界での人間観察は、絶対に欠かせない大事な経験であったにちがいない。

あるとき、青年プルーストはフランスに次のような質問をした。

「フランスさん、あなたはいったいどのようにして、そんなに多くの知識を身につけられたのですか。」

これに対してフランスは、あたかも父親が息子に対するような口ぶりで、

「それは簡単なことですよ、マルセル君。あなたぐらいの年ごろのとき、私はあなたみたいな美男子でもなければ、ちやほやされているわけでもなかったから、社交界に顔を出すなんてことはしないで、家にこもってひたすら本を読んでいたのです。」

やがて大作に取り組みはじめると、プルーストは社交界からふっつりと遠ざかり、オスマン通りの名高いコルク張りの部屋に閉じこもって、迫りくる死と闘いながら、終夜、憑かれたように筆を走らせるようになるのである。

フランスにとっても、プルーストにとっても、サロンはその文学を肥やすために必要な、

いわば肥料のごときものだったのではあるまいか。偉大な作家は人々の記憶に残るが、サロンの女主人は、その最後の常連が世を去れば、そのまま忘れられてしまう。ただ、その作家の伝記をひもとくとき、彼らを育てた陰の功労者として、わずかに彼女たちの名前が出てくるのみである。とすれば、アナトール・フランスを大作家に仕立てあげたカイヤヴェ夫人は、賢明だったのかもしれない。

第一次大戦後、貴族もブルジョワもその区別が曖昧になってしまったフランスでは、もはや昔日の面影を残したサロンは成立しにくくなっている。おそらく、ジャン・コクトーやポール・モーランを最後として、華やかなりし「良き時代」の社交界を知っている文学者も跡を絶ったものと思われる。現在では、出版社を中心とした文壇の仲間や、カフェに集まる詩人の仲間が見られるくらいのものであろう。第一次大戦後のシュルレアリストも、第二次大戦後の実存主義者も、ブルジョワ的な習慣を嫌悪して、好んで街頭のカフェに集まったものである。

ブルジョワ階級のサロン、つまり客間は、今なお存在するにしても、少なくとも文学や哲学を論ずる場所ではなくなってしまったらしいのだ。大衆社会の必然かもしれないし、人間の精神生活の程度が低くなった結果かもしれない。

オカルティズムについて

私はこれまで、それこそ何度となく、オカルティズムに関するエッセイや、あるいは著名なオカルティストの評伝などを書き散らしてきたが、言葉の厳密な意味で、オカルティズムとは何かということについては、どういうわけか、まだ一度も書いたことがなかったような気がするので、まず最初に、これを明らかにすることから始めたいと思う。オカルティズムoccultism とは、もちろん英語読みであって、フランス語で言えばオキュルティスム、ドイツ語で言えばオクルティスムスである。日本の欧和辞典を引くと、多くの場合、隠秘学とか神秘学とか、あるいは秘術研究とか秘密教とかいった訳語が出ていて、何のことやらさっぱり分らず、初心者は首をひねってしまうのではないかと思う。同じような言葉に魔術 magic というのがあって、これは近年では、民族学や宗教学の用語として「呪術」という訳語がほぼ定着したようであるけれども、オカルティズムの方は、まだまだ日本の旧態依然たる学界では、定まった訳語がないどころか、私たちのようないわゆる学際的な志向をもった文学者をのぞいては、これを真面目にとりあげるアカデミシアンさえほとんど見当らない始末なのだ。まことに歎かわしい現状であり、さればこそ、浮薄な「オカルト・ブーム」などという流行的現象に、学者までがおろおろしなければならなくなるのである。

そこで私としては、一応、暫定的に、オカルティズムに隠秘学という自分流の訳語を当てはめることにし、先年上梓した評論集『悪魔のいる文学史』（中央公論社）でも、これから上梓する予定のエッセイ集『胡桃の中の世界』（青土社）でも、すべて、この隠秘学という耳慣れない言葉に統一しようと心がけているわけである。

語源的に分解すれば、オカルティズムとは、もともとラテン語の occultus（隠された、秘密の）から出た言葉で、oc は「対立、逆さ」を意味する接頭語、cultus は「祭る、礼拝する」を意味する他動詞 colo の完了分詞形だ。直訳すれば「反対祭祀」とか「逆礼拝」とかいうことになるかもしれない。つまり、科学的合理的な方法によっては捉えられない、超経験的な自然の原理、あるいは人間の原理の存在を信じ、これを探究しようとする学問、そうした種々の「隠された学問」scientia occulta（英語に直せばオカルト・サイエンス）の総称として、オカルティズムという言葉が使われるわけである。一般の宗教を顕教とすれば、こちらは密教というわけだ。

それでは、その「隠された学問」のなかには、どんな種類のものが含まれていたかというと、魔術、占星術、錬金術、ヘルメス学、カバラ、神智学、降神術、心霊術、手相術、ほくろ占い、骨相術、妖術、カルタ占いなどがあった。ごらんの通り、いずれも何となく秘密の匂い、暗黒の匂いがするが、考えてみれば、それもそのはずで、そもそもオカルト・サイエンスとは、その名の示すように非公開的のものであり、国家的あるいは公的な宗教儀礼の範囲外で、秘伝によって限られた少数の人々にだけ伝えられるべき性質のものだったからである。宗教と同じく、いや宗教以上に、俗人には禁止された領域の学問だったからである。

多くの学者が論じているように、エジプトやカルデアの昔から、宗教と呪術とは分かちがたく混淆しながら発達してきたので、オカルティズムの歴史もまた、きわめて古いものと考えなければならぬ。一九七〇年代の一時的な流行現象ではなく、オカルティズムには、五千年の歴史があるのだということを忘れないでいただきたい。魔術を意味するラテン語のマギア magia とは、元来メディア人（現在のイラン系）の部族名であり、それがのちにペルシアの司祭あるいは呪術師 magus を意味するようになったと言われているが、この宗教と呪術の区別の曖昧だった時代のマグスは、おしなべてオカルティストだったと考えても差支えなかろう。いわば古代人のアニミズムを技術的に運用し、何らかの奇蹟によって彼らを心服せしめることができるような人物は、すべて呪術師であり、オカルティストだったわけである。

ギリシア人やローマ人のあいだでも、彼らの公的な宗教儀礼（たとえばエレウシスの密儀）以外の場所で、もろもろの超自然現象を生ぜしめることのできる人々、たとえば、みずから神と称し、死者をも蘇らせたと言われるシチリアのエムペドクレスだとか、キリストのように奇蹟を行ったテュアナのアポロニオスだとかいった人々は、まあ一種のオカルティストだったと考えてよいのではないか。エムペドクレスは哲学者としても知られるが、やはり名高い哲学者であったプラトンやピュタゴラスの行動にも、明らかに呪術師としての面があったことを忘れてはなるまい。前にも述べたように、オカルト・サイエンスは秘密の学問だったから、それらの学問に精通した人々が、ことさら世間の目から隠れることになったのは当然の成行きだった。ピュタゴラス学派やオルペウス教団のごときは、入社式を伴なう一種の厳格な秘密結社を結成し、その輪廻転生の教義や数を基本原理とする哲学は、当時においては一種の魔術的な思想と見なされていたらしい。世間でも、彼らを胡散くさい連中と見なして、恐れていたらしいのである。

古代末期から中世にかけては、カトリック教会の権威に反抗しつつ、霊肉二元論の立場を唱えた、いわゆるグノーシス主義的異端の思想家たちのあいだに、オカルティストと呼ばれてよいような人物が数多く現われている。もっとも、十一世紀のローマ法王シルヴェステル二世とか、十三世紀のスコラ哲学者アルベルトゥス・マグヌスとかのように、歴としたカトリック教会側の大立者でありながら、悪魔と結託して魔術を行ったという、不吉な噂を後世に残した人物もいることはいる。古代エジプトに起源を有し、ギリシア時代末期の国際都市アレクサンドレイアで大いに栄えた錬金術（ヘルメス学とも呼ばれる）の象徴的理論も、明らかにグノーシス主義の系統をひくものであったし、おそらく十七世紀に始まったと思われる薔薇十字団の革命的異端運動も、同じ流れの秘密集団であったにちがいない。

また、私たちはフィレンツェを中心としたルネサンス期の汎神論哲学者のなかに、古代の魔術的哲学、とくにプラトンやピュタゴラスや、ヘルメス・トリスメギストス（錬金術の祖とされる伝説的人物）の思想の華々しい復活を見てとることができる。要するに、彼らの思想の中心は大宇宙と小宇宙の照応関係、比喩、アナロジーなのである。ルネサンス期のオカルティストとして著名な人物の名前をあげれば、実験精神旺盛なイギリスのスコラ哲学者ロジャー・ベーコン（彼は自動人形を制作したとも言われている）、記憶術のための回転盤を発明したスペインの修道士ラモン・ルル、錬金術師でシュポンハイム修道院長のトリテミウス、フィレンツェ・アカデミアの秀才で、夭折した美貌のカバラ学者ピコ・デラ・ミランドラ、放浪の医者で最も偉大な錬金術師のパラケルスス、金属変成に成功したと言われるフランス人のニコラ・フラメル、ゲーテの作品のモデルにされて有名になった伝説的なファウスト博士、『隠秘哲学』の著者アグリッパ・フォン・ネッテスハイム、初めてカメラ・オプスクラ（暗箱）を発明したナポリの博物学者バティスタ・デラ・ポルタ、占星術師で予言者のフランス人ノストラダムスなどがある。

もう一つ、ここで言及しておくべきは、日本でも比較的多くの文献によって知られている魔女信仰（ウィッチクラフト）であろう。これは社会的、心理的に複雑な原因が考えられるが、いずれにせよ十三世紀から始った教会側の弾圧迫害によって、ヨーロッパの各地に想像を絶する悲惨な結果をおよぼした。ただし、魔女そのものは、性的妄想やヒステリーの集団幻覚のなかで、もっぱら悪魔の言いなりになっている弱い存在にすぎなくて、とてもオカルティストとは言えないのである。十九世紀の魔術学者エリファス・レヴィが「魔女は悪魔に使われる奴隷であるが、魔術師は悪魔に命令をくだす人物だ」と言っているように、オカルティストはむしろ、多年にわたる学問や修行による秘法によって、悪魔と自由に交渉し、悪魔を手足のように使役し得る、力量のある人物でなければならないのである。そして悪魔の力を憎悪や野心などといった、邪悪な目的のために利用するとすれば、そういう反社会的なオカルティストは黒魔術師と呼ばれる。黒魔術は別名、妖術とも呼ばれる。最初は真面目なキリスト教の修道士でありながら、恋や金銭の欲望に目がくらんで、あさましい黒魔術師の地位に堕落した者の例も、記録にたくさん残っている。キリスト教とは関係がないが、現代のシャロン・テート殺しの犯人チャールズ・マンソンなども、配下の女性たちを自由自在に操ることのできた、さしずめ一種の黒魔術師と言えるかもしれない。

オカルティズムが古来、ヨーロッパ思想史を貫く地下の暗流のごとく、秘密の学問としての伝統を保ってきたことは前にも述べた通りであるが、私はまた、これが十七世紀の科学革命によって、さらに一層、思想史の地下の奥深いところへ追いやられてしまった経緯を述べなければならないだろう。コペルニクスの地動説の衝撃によって、科学史家アレクサンドル・コイレのいわゆる「閉じた世界から無限宇宙へ」と展開した十七世紀の近代的宇宙観は、すでに錬金術、占星術、カバラ、降神術などといった、アナロジーによる擬科学を存立させる余地をほとんど残さなかった。いきおい、オカルティズムはますます胡散くさい、ますますうしろ暗い性格をおび、薔薇十字団、フリーメーソンなどといった秘密結社の内部に逃避せざるを得なくなった。

もちろん、十六世紀から十七世紀にかけて、近代科学的世界像が、すべての人々の頭のなかに、一挙に形成されたというわけではない。かつて経済学者のケインズが明らかにしたように、近代宇宙観の生みの親ともいうべきニュートンでさえ、なお中世的な錬金術とアナロジー思考に頭を悩ませていたという事実があるのである。ケインズは、それまで「理性の時代に属する最初の偉人」とされてきたニュートン像を、ファウスト的要素をもつ「最後の魔術師」と改めなければならなかったほどである。事情は天文学者のケプラーにおいても全く変りがない。近代科学史上に輝やかしい不朽の名を残したニュートンも、ケプラーも、じつは占星術や錬金術を心の底から信じていた、完全なオカルティストだったのである。彼らのような最高の頭脳、最高の知識人でさえ、この有様だったのだから、その他の愚昧な民衆は推して知るべしである。科学革命の時代として特筆される十七世紀はまた、魔女裁判が最も猖獗をきわめた時代だったということも、おぼえておいてよいだろう。ケプラーは、自分の母親が魔女として告発されたため、大いに苦労したのである。

十八世紀の末にも、また十九世紀の末にも、悪名高いオカルティストは何人となく輩出している。歴史を縦に眺めてみると、どうやら一体制の合理的思考、整合的思考の行きづまりを見せる時代の転換期には、いつもその反動の波のように、必ずオカルティズムの花盛りの季節を迎えるのではあるまいか、という気が私にはするほどである。おそらく、これが五千年前から繰り返されてきた人類の思考のパターンなのであろう。古くはローマ帝政の末期に、いわゆるシンクレティズム（諸神混淆）という魔術全盛の時代があったことを思い出してもよい。

フランス革命前夜の十八世紀末に活躍した名高いオカルティストの名前をあげれば、王妃マリー・アントワネットのスキャンダル事件にも関係したイタリア人の錬金術師カリオストロ、二千年もの昔から生きつづけ、シバの女王やキリストにも親しく会ったことがあると吹聴していた「不死の人」サン・ジェルマン伯爵、動物磁気催眠療法という病気の治療法を編み出して、大当りをとったドイツ人の医者アントン・メスメルなどがある。まあ、これらは幾分いかさま師に近いような、あやしげな人物たちではあるが、ロンドンにいながら、約三百マイル離れたストックホルムの大火を透視したという、スウェーデンの神智学者スウェーデンボルグあたりになると、ちょっと桁はずれのオカルティストではないか、という気がしなくもない。バルザックその他の文学者が彼に私淑したのも、もっともであろう。同じく文学者の尊敬をあつめた十八世紀の神秘思想家には、「隠れた哲学者」と異名をとったフランスのサン・マルタン、マルティネス・ド・パスカリがあり、ゲーテの友人で「南方の魔術師」と呼ばれたスイスの人相学者ラヴァーテルがあることを指摘しておこう。

十九世紀末になると、もういちいち名前をあげて説明するのが面倒くさいほど、いろんな秘密結社的なサークルやグループに属する有名無名のオカルティストが、ぞくぞく登場してくる始末である。カトリックに近い立場の者もあれば、きわめて異端的な者もあり、あるいは新興宗教めいたセックスの哲学を創始する者もあれば、インド独立運動を支持する政治的な立場を表明したりする者もある。なかでも有名なのは、名著『高等魔術の教理および儀式』を書いたフランスのエリファス・レヴィ、小説を書いたり展覧会を主宰したりした派手好きのサアル・ジョゼファン・ペラダン、アメリカに神智学協会を設立したロシア生まれのブラヴァツキー夫人（彼女には非常な超能力があったらしい）、『性の魔術』なるショッキングな書物を書いたアメリカのパスカル・ビヴァリー・ランドルフ博士、英国の現代作家コリン・ウイルソンと我が国の舞踏家笠井叡が非常な興味を示しているロシアのグルジエフ、神智学会ではなくて人智学会（アントロポゾフィー）の運動を起したドイツのルドルフ・シュタイナー、「黙示録の獣」の異名のある快楽主義哲学の実践家アレスター・クロウリーなどであろう。しかし私には、これらの十九世紀から二十世紀へかけてのオカルティストたちは、いずれも小粒で、器量にとぼしく、かつての先輩たちの堂々たる哲学にも行状にも欠けているような気がしてならないのである。

コリン・ウイルソンの『オカルト』にいたっては、何をか言わんやである。翻訳の杜撰さは問わぬとしても、この雑然たるごった煮のような書物には、歴史上の事実関係で、あまりにも重大なミスや不注意が多すぎるのである。たとえばウィルソンは、十六世紀ドイツの放浪の医者パラケルススが、のちにフランスの宮廷付外科医となったアンブロワズ・パレと「パリでめぐり会い、パレから影響を受けた」などと得々として書いているが、そんな資料を、いったい彼はどこから探し出してきたのだろうか。第一、パレがようやく三十歳の働きざかりになった頃、すでにパラケルススは四十八歳で死んでいるのだ。現在、種村季弘氏が雑誌『現代思想』に書きすすめている、パラケルスス伝中の大旅行の足どりと、パレの伝記的事実とを突き合わせてみれば、そんな事実が到底あり得ないことは、誰の目にも明らかとなるはずであろう。

もっとも、死後の世界で、パラケルススとパレが偶然にめぐり会い、一夕の歓談に時を忘れたかもしれないな、と空想してみるのは、私たちにとって、まことに楽しい想像ではあろう。彼らはもしかしたら、サラマンドラ（火とかげ）や一角獣の実在について議論するかもしれないし、両性具有者やホムンクルス（侏儒《こびと》）がいかにして誕生するかについて、口角泡をとばすかもしれないのである。

シェイクスピアと魔術

シェイクスピア作品のなかに現われた魔術といえば、まず最初に、どうしても思い出してしまうのは『マクベス』の三人の魔女であろう。洞窟のなかの魔女たちは、雷鳴の夜、大釜のなかで、「いもりの眼玉に蛙の指さき、蝙蝠の羽に犬のべろ、蝮の舌に盲蛇の牙、とかげの脚に梟の翼」などを、ぐつぐつ煮ているのである。この気味の悪い場景が、当時の民衆のあいだに広く信じられていた、いわゆるウィッチ（魔女、妖術使）たちのサバト（夜宴）の場景であることは明らかであろう。

シェイクスピアの生きていた時代は、中世の闇を脱した、英国のルネサンスである輝やかしいエリザベス朝期だったが、それでも当時、悪魔や魔女に対する信仰は、なお民衆のあいだに根強く残存していたと考えられる。いや、無知な民衆ばかりではない、エリザベス女王の死後、シェイクスピアがそのお抱えとなった英国王ジェームズ一世のごときは、札つきの魔術愛好家で、みずから魔女裁判の拷問に立会ったり、悪魔学に関する名高い『デモノロギア』という書物を書いたりしているほどなのだ。

当時のそういう支配的な風潮を、好奇心旺盛な劇作家が、作品のなかに巧みに取り入れたとしても何ら不思議はなかろう。周知のように、『マクベス』の主題はスコットランドに伝わる古い伝説であり、作者は、魔術愛好家たるジェームズ一世を喜ばそうとして、これを書いたのではないかとも考えられるのである。ちなみに、シェイクスピアと悪魔学との関係については、モンタギュー・サマーズの『妖術と悪魔学の歴史』にくわしい。

ただ、シェイクスピア自身が悪魔ないし妖術を信じていたかどうかということになると、これは甚だ疑わしいと申さねばなるまい。シェイクスピアは、ほとんど神秘主義とは縁のない人である。彼はただ劇的技巧のために、当時の支配的な風潮を存分に利用しただけだったのではないか。

魔女の夜宴といえば、『夏の夜の夢』のなかで、妖精の女王ティターニアが、ろばの頭になったボトムと愛撫を交わす場面も、明らかに夜宴のパロディーだと考えられよう。いや、『夏の夜の夢』の全体が、人間も妖精も動物も混淆する、一種のフロイト的な夢の世界、昼間の抑圧の解放された夢の世界だと言えないこともなかろう。

もう一つ、シェイクスピア作品のなかで、最も魔術的雰囲気の濃厚なものは、言うまでもなく『テムペスト』である。

『テムペスト』の魔術師プロスペローは、自然の力を思いのままに支配している、いわばファウスト博士のような哲学者めいた人物であり、プロスペローに支配されているエーリアルとキャリバンは、前者を天使的存在とすれば、後者を最も低い自然的存在と考えなければならぬ。この二人は、あくまでも対照的な存在なのだ。

ルネサンス期に栄えた自然哲学的な考え方によれば、この世界には、地水火風の四元素に象徴されるような、厳密な一種のヒエラルキア（位階組織）が支配していて、天使や悪魔から人間や動物にいたるまで、すべての存在が序列をなして整序されている。エーリアルは、『夏の夜の夢』のパックに幾らか似ていて、妖精でもあり天使でもあり、空気の精でもあり、さらにメフィストフェレスに通じるところもある。

これに反して、キャリバンは、しばしば「魚」と呼ばれるように、いちばん下等な動物的段階に属する、奇形の化けものなのだ。十六、十七世紀に印刷された博物学の書物を眺めると、まるで魚と人間の合の子のような、奇怪な動物を描いた挿絵がいっぱい出てくる。怪物の分類学は、当時の流行だったのである。ヨーロッパ各地の王侯や貴族の宮殿にある「驚異博物館」には、こんな怪物の標本や剥製がごろごろしていた。

ちょうど錬金術の探求から近代化学が発達したように、こうした怪物の分類や記述から、近代の動物学は誕生したのだと考えてよかろう。

『テムペスト』の第五幕第一場で、セバスティアンがキャリバンを見て、「何だ、こいつは、金で買えるかな?」と言うと、アントーニオーは「買えるだろう、紛れもなく魚だ、それなら売物たり得ること疑いなしだね」と答える。怪物は珍重されていたので、高く売れたのである。

当時、ライン河からドラゴンが獲れた、などという噂もあったらしい。また、頭が二つ、腕が四本、脚が二本、しかも骨盤は一つという奇怪な生きものは、学者によって「クシュポデュメー」と名づけられ、スコットランド王ジェームズ四世(シェイクスピアの時代より百年ばかり前の王だが)の宮廷で、二十八歳まで生きたとも言われた。――こういう時代的背景を考え合わせなければ、キャリバンという途方もない怪物のイメージは、はっきりと浮かびあがってはこないはずなのである。

このキャリバンは、シェイクスピアの本文によれば、魔女のシコラクスが生み落した父なし子である。妖術信仰では、魔女たちはそれぞれ夜宴に集まって、精力絶倫の悪魔と交合するということになっていた。このように、人間の女を孕ませる悪魔は、悪魔学上の用語でインクブス（男性夢魔）と呼ばれ、非常に恐れられていた。インクブスに関する逸話は、当時の文献にも数限りなく出ており、これをいちいち紹介していたら切りがないほどである。

魔術と切っても切れない関係にあるものに毒薬や媚薬があり、シェイクスピアの芝居は、こうした薬物に関する記述がおびただしく出てくるという点でも、おそらく空前絶後のものである。

『ロミオとジュリエット』や『ハムレット』のなかで、毒薬が重要な役割を演ずるのは誰でも知っていよう。

ロミオは第五幕のマンテュアの薬屋の場面で、「そうだ、あの薬屋、このあたりに住んでいるはず、先に見かけた時にはぼろぼろの着物を着て垂れさがる眉をしかめ、薬草を選り分けていた。痩せこけたあいつの顔、身をけずる貧苦が骨と皮だけを残したと見える。みすぼらしい店先には海亀の甲や、剝製の鰐、それに異様な形の魚の皮がぶらさがっていた。棚には、少しばかりの空箱と、緑色の壺と、膀胱、黴びた種、荷造り縄の使い残り、それに干枯びた薔薇の香料などが散らばっていて、店を飾る物といえば、せいぜいそんなものだけだった」と独白するが、これは当時の風俗資料としても、きわめて貴重な記述というべきである。

『ハムレット』の父の亡霊は、「癩のように肉をただらす恐ろしいヘボナの毒汁」について語る。

『リア王』『ヘンリー四世』には、殺鼠剤の毒性に関する記述がある。

毒薬ではないが、たとえば『オセロー』の第一幕第三場にある――「今ロカストの実のようにうまいと言っていたかと思うと、すぐその口の下から、今度はコロシント瓜のように苦いと言い出すやつさ」とか、『マクベス』の第五幕第三場にある――「大黄でもセンナでも、何でもかまわぬ、この国からイングランド兵どもを洗い流してしまう下剤はないのか」とかいった台詞は、シェイクスピアの薬物に関する知識の並々でないことを物語っていよう。

エリザベス女王が、香水や薬物の大へんなマニアであったということも、ついでに述べておこうか。みずから薬物を調合して楽しむ趣味があり、女王の発明した香水は、「ハンガリー・ウォーター」という名前で知られていた。

この薬物マニアという点では、エリザベス女王は、同じ時代のフランスのカトリーヌ・ド・メディチと好一対である。申すまでもあるまいが、これも当時の魔術愛好の雰囲気の中から直接に生まれた、いわば貴族階級の危険な道楽の一つだったのである。

香水製造などといっても、その原始的な蒸溜や調合の方法は、魔女が大釜の中でぐつぐつ煮る、媚薬や毒薬の製法と似たようなものだったと思って差支えなく、まかり間違えば人の生命を奪う危険もあったのだ。

ジェームズ一世の治世に、ロンドン塔に幽閉されていた名高いウォルター・ローリー卿も、獄中の退屈しのぎに、彼独特のテリアカを発明したと言われている。テリアカとは、解毒剤である。当時、解毒剤が非常に珍重されたのは、それだけ毒殺の危険が日常茶飯だったということにほかなるまい。

エリザベス朝期といえば、男も女と同じように、派手な胴着に大きな真珠などを、これ見よがしに縫い取りしていたという時代である。ズボンはぴっちり脛を包み、ふっくらした下袴は、詰め物でふくらませてある。さらに、この時代の伊達男たちの特徴は、ズボンの跨間に縫いつけたコッドピース（股嚢）であろう。ご承知のように、これは男性の象徴をおさめるための嚢である。

派手な服装と、奇怪な魔術信仰の時代、——そういう文化的背景のもとに、あのように多彩なシェイクスピアの作品群が生まれたのだということを、私たちは銘記しておくべきであろう。

「エクソシスト」――あるいは映画憑きと映画祓い

前評判や前宣伝があまりに大きいと、とかく私たちは現物《げんぶつ》を見て、期待を裏切られたような感じをいだき勝ちなものであるが、私が『エクソシスト』を見た限りでは、さいわいなことに、この期待は裏切られなかったと申しあげることができる。よくまあ、これだけしつこく、これでもか、これでもかというように、恐怖の情緒を盛りあげることにエネルギーを注いだものだと感心する。

恐怖の情緒を盛りあげるには、ショックの方法と、心理的サスペンスの積み重ねの方法と、二つがあるように私は以前から思っていたが、この映画では、カメラの機能をフルに駆使して、この二つの方法を十二分に活用しているのであり、そのため、映画の後半から、私たちはじわじわと恐怖の現実に巻きこまれ、ふと気がついた時には、きわめて不安定な状態にある自分の精神を、もう元へもどすことができなくなっているのだ。ショックとサスペンスの積み重ねによって、映画と現実の距離をとっぱずすことに、みごとに成功した映画だと私は感じた。

むろん、私にだって、男として見栄を張りたい気持は十分にあるから、軽々しく「ああ、こわかった!」などとは言いたくないものを感じるが、正直に申して、二時間に及ぶ映画がようやく終りに近づき、少女の体内から悪魔が出てゆくと、やれやれとばかり、ほっとした気持を味わったのである。これは大へんにめずらしい経験である。

強いて何かのジャンルに分けるとすれば、これは心理的恐怖映画ということになるかもしれないが、それだけでは脱け落ちてしまう要素がたくさんある。悪魔憑きの映画は、かつてポーランドのカワレロウィッチ監督が、十七世紀の実話であるルーダン事件をモデルにして『尼僧ヨアンナ』をつくったが、『エクソシスト』には、これほどの美しさ、あるいは芸術的完成への志向は見られない。精神分裂による悪魔の幻覚を扱った映画としては、ベルイマン監督の名作『鏡の中にある如く』を思い出すが、この北欧の映画のように、苦悩する魂の美しさが謳いあげられているわけでもない。ヒッチコック監督の『サイコ』やクルーゾー監督の『悪魔のような女』のように、アクロバットに近い高度の技巧が凝らされているわけでもない。要するに『エクソシスト』は、芸術的感銘という点では印象が薄く、ひたすら娯楽に徹したという点で、あれだけの成功を博し得たのであろうと考えられる。しかし考えてみれば、恐怖の醸成を娯楽と呼ぶのも、妙なものではある。

さりとて、単なるドラキュラ物のような恐怖映画とも明らかに違う。『エクソシスト』のすぐれた独創の一つは、科学の力も歯が立たない完全に中世ふうのミステリアスな事件を、何から何まで現代的な、私たちが住んでいる世界と寸分違わぬ明るい世界のなかに置いたという点であろう。観客の意識の殻をやぶり、映画と現実との垣根をとっぱらうのに、これはきわめて有効な手段であった。明るいアメリカ文明の都市生活が、そのまま暗い悪魔憑き事件の舞台となるのである。

*

この映画の思想的内容について、わざわざ述べるほどのことは何もないが、ただ、昔ながらのキリスト教の二元論的な葛藤が、終始一貫、物語の流れをひっぱってゆく、見えない原動力になっているという点に、私はあらためて感心せざるを得なかった。同じ憑き物という言葉で表現されても、ヨーロッパの悪魔憑きは、日本の狐憑きや犬神などと全く性質を異にして、小さな共同体や個人のあいだの恨みとか嫉妬とかを原因とするのではなく、普遍的な善悪の対立、神と悪魔の対立によって生じるのである。霊媒性のある十二歳の少女の肉体は、たまたま悪魔がもぐりこみやすかったから、悪魔によって一時的に占有されたまでであって、この事件は、大昔から続いている神と悪魔との大戦争の、一つの小さな局面にすぎないのだ。いわば局地戦争なのである。

この映画を見終った日本の素朴な観客のなかには、悪魔にのり移られたカラス神父が死に、少女リーガンが悪魔憑きから解放されて、いったい、悪魔自身はどこへ行ってしまったのか、どうなってしまったのか、という疑問にとらわれる者が少なくないかもしれない。しかし悪魔は神と同様、この世につねに遍在しているのであって、たまたま一つの局地戦争に敗れたからといって、それっきり絶滅してしまうようなものでは決してないのである。最後の審判の日まで、悪魔はたえず人間を誘惑しつづけるのである。

この映画の導入部に、メリン神父が北イラクの古代遺跡で発掘する悪霊パズズの彫刻というのが出てきて、それが後のエクソシスト対悪魔の対決の伏線となっているようであるが、このパズズというのが、たしかに紀元前七世紀のアッシリア美術に見られる、悪霊の名前であることは事実である。ルーヴル美術館にも、私は写真で見たことしかないが、この映画に出てくるパズズの像とそっくりな、翼をはやした、男根のある、小さな青銅製のパズズの像があるはずだ。しかし、これがキリスト教の悪魔の遠い先祖であるかどうかは疑わしいので、この映画の原作者がパズズを使ったのは、単なる物語作者の恣意でしかあるまい。私の見るところ、べつに深い意味はなさそうである。

＊

歴史上の悪魔憑きや悪魔祓いの例は、記録に残っているだけでも無数にあり、ベッドや家具を動かしたりひっくり返したりする、いわゆるポルターガイスト（騒がしい霊）に関する記録も、これまた今世紀にいたるまで枚挙にいとまがない。だから、この映画の封切り以来、アメリカの各州で、実際に悪魔憑き妄想を起す女性が次々に現われたという、ニューズウィーク誌の報道があるのも、べつにそれほど驚くべきことではないだろう。日本でも、ユリ・ゲラーとかいうひとがテレビでスプーンを曲げて以来、連鎖反応的に、各地で超能力を発揮する人物が現われているらしいのは、みなさんご存じの通りである。

悪魔とセックスとの結びつきも、キリスト教の二元論的な風土のもとでは、きわめて深いものがあるようだ。この映画でも、悪魔に憑かれた少女が、十字架で血みどろのオナニーをやったり、あるいは「ファック・ミー！」だの「イエスがお前を犯したがっている！」だの、卑猥な瀆神的言辞をさかんに連発したりするシーンがあって、これがアメリカの大衆を殊のほか驚かせたという。しかし日本には、伝統的にセックスを悪と見なす考え方はないので、それは単なるグロテスク趣味にしか見えない。悪魔に憑かれた思春期前の少女が、なぜ突如として色情狂的な狂態を演ずるのかは、キリスト教の二元論の論理に立たなければ理解しがたいのである。

もう一つ、悪魔に対抗して闘うべきキリスト教の聖職者が、守らねばならない大事な態度について、簡単に説明しておこう。この映画でも、悪魔祓いのベテランであるメリン神父が、若いカラス神父に対して、「悪魔と受け答えをしてはいけない。悪魔の言うことを真面目に聞いてはいけない」と訓戒をあたえるシーンがあるけれども、そもそも悪魔の望みとするのは、目をあざむく幻影をつくり出して、人間を懐疑に陥れること、不安に陥れることにあるので、聖職者は悪魔の示す超能力の眩惑に対しても、つねに無関心の態度でのぞまなければならないのである。

キリスト教美術の重要なテーマとして、誰でも知っている名高い「聖アントワヌの誘惑」図においても、恐怖や色仕掛けの手段で悪魔に責め苛まれている老修道士アントワヌは、しばしば無関心の表情、なにか気が抜けたような、判断中止の表情を示していることが多い。

悪魔の誘惑におちいって、懐疑や不安の心をいだいたら、それこそ聖者の負けなので、彼らは世界解釈の意志をことごとく棄てているのである。それで、あのように気が抜けた表情を示しているのである。

このことは、恐怖映画を見る立場にある私たち観客に対する、一種の警告、あるいは比喩になっているのかもしれない、とも私は思う。監督ウイリアム・フリードキンが、このことをはっきり意識していたかどうかは知らないが、恐怖映画のつくり出す幻影も、いわば悪魔のつくり出す超能力の幻影に似たようなものなのではあるまいか。この幻影をうっかり信じてしまって、映画の発する邪悪なメッセージといちいち真面目に受け答えをしはじめるならば、私たち自身、たちまち悪魔憑きの状態におちいって、恐怖と不安の波に一挙にさらわれてしまう。

アメリカでは、映画館内で失神したり嘔吐したりする観客が続出したというが、こういうひとたちは、映画の幻影に目をあざむかれ、映画の主人公と同様、いわば悪魔憑きの状態におちいったわけなのである。意識の殻がやぶれ、画面と現実が交互に流通し合うような、一種の心理的流動状態におちいってしまったのである。

映画を「悪魔の芸術」と呼んだのは、かつての無声映画時代の名匠ジャン・エプスタンであったが、一九七〇年代になって、映画を見て映画憑き、、、の状態に落ちこむ観客が現われようとは、さすがのエプスタンにも想像し得なかったにちがいない。

そういう観点から眺めれば、この『エクソシスト』という意味深長な題名の映画は、きわめて皮肉な、きわめてソフィスティケーテッドな、きわめて今日のアメリカの社会情勢を象徴しているような、きわめて知的な仕掛けのある映画だと考えることもできよう。つまり、悪魔憑きと悪魔祓いのテーマは、映画憑きと映画祓いのテーマの比喩だったのである。観客は映画『エクソシスト』(悪魔祓い師)を見て、あやうく映画憑きの状態に落ちこみそうになり、終末の奇妙なハッピー・エンド(?)によって、さらに映画祓いをしてもらうことになるわけだ。

*

私は最近、この『エクソシスト』のほかに、ルイス・ブニュエル監督の『ブルジョワジーの秘かな愉しみ』という映画を見せてもらったが、現実と夢とが交互に流通していて、どちらが真実か分らないという、二重構造の夢魔的現実を巧妙に皮肉に描き出しているという点では、このブニュエルの映画も、今まで述べてきた『エクソシスト』に、一脈通じるものがあるように感じた。もしかしたら、これは最近の一般的傾向なのかもしれない。

私の大好きなブニュエル監督の近作については、まだまだ述べることがたくさんあるけれども、ここでは、これ以上ふれているわけにはいくまい。この話題は、またの機会にしよう。しかし、現実がだんだん夢魔的な様相を深めてゆくにつれて、映画もまた、対症療法というのであろうか、悪魔憑きと悪魔祓いのテーマに関心をもたざるを得なくなったということは、いずれにせよ興味ぶかいことではある。

毒薬と一角獣

どこの国の神話にも、怪獣がたくさん出てくる。私のいう怪獣とは、現実には存在せず、ただ物語や伝説の中でだけ存在しているような、ふしぎな動物たちのことである。そういう動物たちの中で、私のいちばん好きな、一角獣というやつについてお話しよう。あとで述べるつもりだが、この一角獣は毒薬と深い関係があるのである。

おそらく読者もご存じと思うが、イギリス王室の紋章には、右側に獅子、左側に一角獣がいて、互いに向き合っている。一角獣のイメージは、今ではそれほどポピュラーになっているわけだが、古代や中世のヨーロッパの民衆は、インドやアジアの遠い地方に、この獣が実在すると信じていた。

中世の伝説によると、一角獣は森の中で、無敵の強さを誇っているが、ただ処女にだけは弱い、と考えられていた。というのは、この愛すべき怪獣は、純潔と無垢とに惹きつけられるからなのである。猟師たちは、このふしぎな獣を捕えるために、囮《おとり》として、一糸まとわぬ処女を森の奥へつれてゆく。ふだんは兇暴な怪獣も、処女のすがたを認めるや、たちまち魅惑され、惹きつけられて、処女の膝にその頭をのせ、すっかり従順になって、ついにはそのままますやすや眠ってしまう。だから、物かげで窺っていた猟師たちは、難なくこれを捕えることができるという。

紀元前四世紀ごろ、ペルシア軍の捕虜になり、アジアの世界を見てきた、ギリシアの旅行家クテシアスの報告によると、

「インドには、馬ぐらいの大きさの野生の驢馬がいる。体は白く、頭は赤く、眼は深い青色だ。額の上に一本の角があり、その長さは一尺六寸におよぶ。この角の基底部は純白で、中央部は黒く、鋭く尖った先端は鮮紅色を呈している。」

クテシアスは、このように、まるで見てきたようなことを書いている。ところで、この実在しない怪獣の角が、十六世紀のころ、ヨーロッパの宮廷で大いに珍重され、莫大な金額で売ったり買ったりされたのだから、まことに奇妙といえば奇妙な話ではないか。

当時、ヨーロッパの宮廷では、イタリアでもフランスでも、毒薬が非常に流行していた。ローマのボルジア家の毒薬は有名だが、イタリア以外でも、政治上の敵や恋仇きを倒すため

に、毒薬は大いに利用されていた。だから、各国の王さまや貴族たちは、戦々兢々として毒を恐れていたのである。

一角獣の角は、一種の「毒発見器」として珍重された。つまり、この角でつくった杯を毒のそばに置いておくと、杯が湿り気をおびてくると信じられていたのである。

そうかといって、一角獣はどこにも実在しないのだから、その角で杯をつくることなんか、できるわけがない。実際に杯として用いられていたのは、イルカに似た海の獣、ウニコールの牙である。ちなみに、ウニコールの牙は、漢方でも解毒剤として利用されるらしい。

この一角獣の角の杯と称するものを手に入れるために、領地を売ったり抵当に入れたりした貴族も少なくなかったようである。一五五三年、フランス国王に贈られた杯などは、時価十万ドルともいわれた。英国のチャールズ一世に献上された杯は、長さ二メートル以上という巨大なものだった。いかに彼らが毒を恐れていたかは、これによっても知ることができよう。

今日の私たちも、地震や公害におびえている。なにか一角獣の角のような、さりとてあまり高くない、ふしぎな効能をもったお守りはないものだろうか。

絵本について

私には子供がいないので、最近の絵本というものを手にする機会がほとんどない。正直のところ、ろくに見たこともないのである。それで、何から書きはじめたらいいのか、さっぱり見当がつかない。

仕方がないので、まず、思い出話から始めることにしよう。少年時の思い出は、何を語っても楽しいものだ。

私が少年の時分、それは昭和の初期であるが、かなり贅沢な「コドモノクニ」という絵本の月刊雑誌があった。おそらく、ハイカラな大正文化の系統をひくものであったと思われるが、「コドモノクニ」は、私に抒情的な画風というものを教えた最初の絵本であった。もちろん、自分で選んだものではなくて、母からあたえられたものであったにちがいない。当時、「キンダーブック」なども出ていたと記憶するけれども、私には「コドモノクニ」の方が気に入っていたように思う。

「コドモノクニ」には、岡本帰一、武井武雄、初山滋、川上四郎、村山知義などといった画家たちが絵を描いていたようであるが、とくに私が好きで、今でもはっきり印象に残っているのは、武井武雄と初山滋の絵である。私には、生来の傾向として、どういうものかリアリズムふうの絵よりも、様式化された、幻想的な絵の方がはるかに好ましく感じられるので、とくに武井武雄や初山滋の特徴のある絵に、強烈な印象をあたえられたのであろうと思われる。

武井武雄の単行本の絵本には、当時、「赤ノッポ青ノッポ」だの、「アイウエオ絵話」だのといったものもあったが、私はとくに、武井画伯の描く、ややデフォルメされた動物や昆虫の絵に、尽きることのない魅惑を味わった。動物の絵は、いつでも子供に喜ばれるものである。

私はまた、武井画伯の描いたカルタも、二種類もっていた。一つは謎々カルタで、たとえば、こんなのがあった。

「お正月がくると天井からぶーらんぶーらん、上にサのつく魚なあに」などといった読み札を読んで、サケの絵の描いてある絵札を取るのである。

もう一つのカルタにも、たとえば次のような、おもしろい文句があったのをおぼえている。「チンコロ、ドケドケ、ブタサマ、オ通リ」——これの絵札には、ブタがシルクハットをかぶって、片足をあげてチンコロを蹴とばそうとしながら、威張って立っているところが描いてある。

また、こんなのもあった。

「モリノコマドリ、チンカラコンノチンカラコン」

「イッサンバラリコ、特急ノツバメ」

「リスノ野球ハ、ドングリボール」

「ルスバン、オミヤゲ、ナンナンナンダロ」

「オンドリ、コックリコ、ハトポッポ、クックルー」

子供の記憶というのはふしぎなもので、私は、カルタの文句とともに、これらの絵札の絵を、今でもはっきり頭のなかに焼きつけているのである。そのなつかしいイメージは、おそらく、私が死ぬまで消えることはあるまい。

少年時の私がリアリズムの絵よりも、むしろ様式化された、幻想的な絵の方を好んだことは、前にも書いた通りであるが、こうした傾向は、今にいたるまで少しも変っていない。今でも私は、線のはっきりした、繊細で精密な、シュルレアリスムふうの銅版画などを殊のほか愛好しているのである。

小学校にはいる頃になると、それはすでに二・二六事件から支那事変にいたる時代であったが、当時の風潮として、私は幼年倶楽部や「講談社の絵本」に親しむようになった。いわゆる講談社文化の全盛時代である。

講談社の系統で、私の思い出に残っている童画作家としては、河目悌二、本田庄太郎、川島はるよ、黒崎義介などが数えられるが、私はとりわけエキゾティックな作風の蕗谷虹児、田中良などを好んだ。やはり私は現実的な作風の絵よりも、どちらかといえば夢幻的、装飾的、浪曼的、あるいは様式的なものを愛したらしいのである。

「アラビヤン・ナイト」や「インド童話集」の挿絵に出てくる、エキゾティックな顔をした王子さまやお姫さまや、空とぶ木馬や、玉ねぎ型のお寺の円屋根や、その上にかかっている新月や、庭園や噴水や、南国の珍奇な動植物などに、幼い私は、得も言われぬロマンティシズムを感じていたようである。

こういう私の精神傾向が、やがて長ずるに及んで、オーブリ・ビアズレーの『サロメ』の挿絵や、ウィリアム・ブレークの『無心の歌』の銅版画挿絵などを発見するにいたる成行きは、当然すぎるほど当然であったにちがいない。

現在でも、私は挿絵入りの書物を好んで集めている。ただし、それは子供向きの本ではなくて、たとえばグランヴィルの奇想天外な『もう一つの世界』だとか、ビアズレーのエロティックな『リューシストラテー』だとか、中世ペルシアの彩色細密画『シャーナーメ』だとか、マックス・エルンストのコラージュ『百頭の女』だとか、あるいはギュスターヴ・ドレの銅版画『大鴉』だとかいった、古今東西にわたる雑多な種類のものである。それに、ヨーロッパ中世の「動物誌」の挿絵本も何点か集めているが、どうやら私の動物好きは、こうしてみると、少年時代から少しも変っていないようである。

子供の時分に出会った絵本は、おそらく、その人間の人格の形成に重大な影響を及ぼすものだろうと考えられる。幼児の無垢の感受性は、どんな色にでも染まる可能性があるだろうからだ。自分のことはよく分らないが、良い絵本を見て育った世代の子供は幸福だと思う。それにしても、よかれあしかれ、時代の風潮に左右されるのはやむを得まい。明治生まれの私の父などは、子供の頃、繰り返し繰り返し「北斎漫画」を眺めて楽しんだという。テレビ時代の今の子供が、あんなものを見て楽しめるかどうかは大いに疑問であろう。

私にしたところで、少年の頃は、ひたすらエキゾティックなもの、バタくさいもの、ハイカラなものが好きで、日本の民話ふうのものや、土俗的なものには一向に惹かれることがなかったものだ。巌谷小波の「日本昔噺」の挿絵などは、大人になった現在でこそ、一種のノスタルジアをおぼえるが、少年の当時は、その良さをまったく理解することができなかったように思う。川上四郎や本田庄太郎の絵も、なんだか田舎くさいような気がして、どうも好きにはなれなかった。そういう少年の無理解は、しかし、あまり気にする必要はないだろう。「コドモノクニ」を愛した少年時代の私も、一方では、大人が眉をしかめるような、下品で俗悪なマンガ本を好んで読んだということも、忘れずに告白しておかなければなるまい。誰だって身におぼえのあることだろう。大人だって、通俗小説やエロ小説を読むのだから、子供も親の禁止の目をかすめて、少しばかり品の悪いマンガ本を読んだからといって、べつに責められることはあるまいと思う。要は、温室栽培の清浄野菜のように、子供を隔離して育てるわけには行かないので、子供の世界にも、否応なく現実の風は吹きこんでくることを知らねばならないのだ。

子供にとって、どういう絵本が良い絵本で、どういう絵本が悪い絵本かを決定することは、したがって、至難の業だと思う。リアリズムなどは何らの基準にもなるものではなく、これは一概には決定できない問題なのだ。私にしたところで、少年時代の雑多な読書から、さまざまな良い影響（?）や悪い影響（?）を蒙って、その中から、現在あるような、自分の趣味とか美意識とかいうものを形成してきたにちがいないと思われるからである。

私は小学校時代、糞リアリズムの作文教育（豊田正子の「綴方教室」などが流行していた時代である）のおかげで、文章を書くのが大嫌いになってしまった経験があるけれども、大人の美意識を子供に押しつけるくらい、不都合なことはあるまいと考えている。もちろん、文章の規範というものは必要だろう。しかしながら、趣味とか美意識とかいったようなものは、子供の自由に伸ばさせるべきものだろう。

明治以後の近代日本の文化は、すべての領域で、大急ぎの駈け足文化であったから、子供の絵本の世界においても、その傾向が短期間に目まぐるしく変化して、戦後の今日にまで及んでいるのではなかろうか。これは文化にとって、明らかに不幸なことだった。巌谷小波に親しんだ祖父の世代と、「コドモノクニ」あるいは「講談社の絵本」に親しんだ父の世代と、テレビを眺める戦後の子の世代とのあいだには、文化的な一貫性がないのである。

もし本当の絵本の文化というものがあるとすれば、それは祖父から父へ、父から子へ、さらに子から孫へと受け渡されるような、永続性のある絵本の文化でなければならない。祖母の語る昔噺のように、絵本も世代から世代へ伝承されなければならないのである。少なくとも十九世紀のイギリスやフランスや、江戸時代の日本では、ある程度、そういうことが行われていたはずなのだ。

私にしても、かつて自分の親しく眺めた、なつかしい絵本を、次の世代へ伝えたいと思う気持がないこともない。しかし残念ながら、戦争や空襲をはさんだ戦前から戦後への激しい移り変りのなかで、それらの絵本はほとんど灰燼に帰して、どこの家庭にも残っていないのである、それに、第一、今の子供たちが、そんなものを喜ぶかどうかという不安もある。これを要するに、絵本の文化というものが、まだ近代日本には一度も確立されたことがなかった何よりの証拠なのである。

おそらく今日、私の知らないうちに、多くのすぐれた作家によって、質の高い絵本がぞくぞく生み出されてきていることでもあろう。せめて私はそれを期待して、筆を擱こうと思う。前にもお断わりしておいたように、最近の絵本の動向については、私はまったく無知なのだから——。

聖母子像について

私の友人だから、もう頭もかなり白くなり、やがて四十歳の半ばに達しようという年齢であるにもかかわらず、いまだに極端なマザー・コンプレックスに取りつかれていて、お酒に酔えばすぐ「オッパイ、オッパイ」とわめき、見境いもなく、手をのばして近くにいる女性の乳房に（もちろん服の上からだが）接触しようと試みる男がいる。

たぶん、この男の頭の中では、幼時、自分をいつくしんでくれた母親のシンボルとして、女性の乳房一般が、何物にも替えがたいものとなっているのであろうと考えられる。この男にとって、どうやら乳房は女性のシンボル、いや、母性のシンボルらしいのだ。

母性というのは、それだけでは大へん曖昧な抽象的概念で、私にもよく分らないようなところがある。だから、これを具体的なシンボルとして、目に見えるものとして捉えたいと思うのは、誰しも望むところであろう。古来、多くの画家が母性を表現するために、好んで描き出してきたのも、乳房であったように思われる。

そもそも女性の肉体のなかで、最も女性的な部分はどこか、という問題は興味津々である。男性ならば、その性的器官が肉体の外部に突出しているから、これをそのまま表現すればよい。ギリシアの彫刻や絵画にも、直立した男根を誇示することによって、男性的なエネルギーを表わしたサテュロス神やプリアポス神の例がある通りだ。

女性の肉体のなかで、いちばん女性的な部分は、もしかしたら子宮かもしれない。胎内回帰願望という言葉もある通り、私たちがこの世に生まれてくる前に楽しんでいた、子宮の内部の安らぎと平穏こそ、すべての人間が無意識のうちに求めている、窮極の憧憬の場所のようにも思われるからである。

しかし残念ながら、肉体の奥深くにかくれている子宮は、これを具体的なイメージとして表現するわけにはいかない。かりに表現したとしても、私たちの美的感興を呼び起すことはできないだろう。密教絵画の曼荼羅《マンダラ》のようなものも、子宮のシンボルではないかという説もあることはあるが、これは近代の心理学的解釈にすぎない。

男性の性的器官のように、肉体から突出していて、誰の目にも見ることができ、しかもいちばん女性的な部分はどこかといえば、やはり乳房ということになるだろう。

もちろん、乳房も女性の性的器官の一つである。性感帯であるということは別にしても、授乳や育児は、広い意味で、人間の性的活動のうちに含まれるべきものだからである。

古代エジプトのイシス女神やギリシアのデメテール女神は、大地と穀物の豊穣をあらわす女神で、マグナ・マーテル（大地母神）と呼ばれているが、ヘレニズム時代の彫像を見ると、彼女たちは、多数の乳房をもった豊満な女性の裸体像として示されている。すでにこの当時から、乳房は多産のシンボルとして表現されていたのである。

キリスト教の聖母崇拝も、この古代の大地母神崇拝の変形ではあるまいか、という学者の説がある。日本の石田英一郎氏なども、母子神信仰という面から、古代の大地母神崇拝とマリア崇拝との関係を指摘している。

キリスト教の理論では、マリアは処女受胎をするのだから、そこに性的なイメージは一切排除されているはずなのだが、民衆の潜在意識では、やはりそこに、自分たちの祈りの対象にすることができるような、普遍的な母性のシンボルを眺めたいという気持がはたらいていたのであろう。

いわゆる聖母子像というのは、キリスト教美術の一つで、幼児キリストを抱いた聖母マリアをあらわした図像であるが、これが壁画や彫刻などにさかんに表現されるようになったのは、マリア崇拝が公認された中世から以後のことである。といっても、中世初期の聖母子像には、マリアが乳房を露出して、これを幼児キリストの口にふくませているといったような、いわゆる「授乳のマドンナ」のような様式のものは、まだ現われていない。

中世初期の聖母子像には、たとえば、「ホディギトリア型のマドンナ」とか、「ニコポイア型のマドンナ」とか、「プラテュテーラ型のマドンナ」とか、「王座のマドンナ」とかいった様式のものがあるが、それらはいずれも、暖かい人間的なマドンナではなく、もっといかめしい宗教的なマドンナなのである。

それというのも、中世の宗教的な感情においては、聖母が肉体の一部を露出したところを表現するなどということは、とんでもない冒瀆的なことだったからである。そんなことは、画家や彫刻家たちにも許されなかったのである。「授乳のマドンナ」が描かれはじめるのは、だから、中世末期からルネサンス期へかけての時期である。

私たちは、フランドルの画家ヴァン・アイクやヴァン・デル・ヴェイデンの聖母子像において、あるいはフランスのジャン・フーケの聖母子像において、林檎のように丸々とした、はちきれんばかりの乳房を露出した、若々しいマリアの像を見ることができる。

もっと後の時代になれば、イタリアのレオナルド・ダ・ヴィンチも、スペインのグレコも、オランダのルーベンスも、それぞれ、すばらしい「授乳のマリア」像を描いている。

これらの「授乳のマリア」は、かつて母乳の足りない母親たちが、その前で、自分たちにもたっぷり乳が出るようにと祈ったと言われているほど、人間的で、暖かく、親しみやすい聖母像なのである。

言うまでもなく、乳房は母子の情愛の象徴であると同時に、また男性のエロティックな欲望の対象物でもあるわけだから、これらの「授乳のマドンナ」像を初めて描いた中世末期の画家たちの心に、単に敬虔な聖母崇拝の感情のみがはたらいていたかどうかは、何とも断言いたしかねる。

おそらく、裸体の表現が容易に許されなかった時代にあって、聖母の乳房は、画家たちの恰好な口実だったのではあるまいか、とも考えれば考えられないことはないだろう。つまり、エロティシズムを表現するための口実である。

私は、崇高な母性愛をあらわしたマドンナ像が、また同時に、高い人間的な意味でのエロティシズムの表現になっていたとしても、それはそれで一向に差支えはなかろうと考える。むしろ、エロティシズムの要素がそこに加わってこそ、マドンナの崇高性は、さらに深みを増すのではないかと思う。

子供の側から見ても、生まれたばかりの幼児がまず最初に知る、母と自分との一体になった状態は、精神分析学によれば、すぐれてエロティックな状態なのである。母の乳房を吸う子供の状態は、フロイトの言葉を借りれば、「対象リビドーと自我リビドーとが互いにまだ区別されていない」至福の状態である。主体と客体とがまだ分れていないので、母と子とは一心同体というわけだ。聖母子像は、心理学的に眺めれば、このような母子の至福の状態を表現したものだと考えてよいだろう。

おそらく、ヨーロッパの伝統的な聖母子像を眺めて、べつにキリスト教徒でもない私たちが、それにもかかわらず感動するのは、今では失われてしまった、誰でもが一度は経験したことのある、このような幼児期の至福の状態を、それが私たちに漠然と思い出させるからではないだろうか。

私は柄にもなく、読者諸姉に対して、教訓的なことを言いたい気持は少しもないのだけれども、少なくとも幸福な幼児体験をもたなかった人間は、消し去りがたい不幸の烙印を押されて、この世に生きて行かねばならなくなるだろう、ということを強調しておきたい。母に抱かれたことのない人間は、それだけで、すでに人間にとっていちばん大事な一つの経験をもち得ないまま、不完全な状態で、人生を出発しなければならなくなるのである。

私の大好きな言葉で、アメリカの心理学者ノーマン・ブラウンの、次のような深い含蓄のある言葉がある。それは、人間の文化や芸術活動のひそかな目的は、「失われた子供の肉体を少しずつ発見して行くこと」にほかならない、というのである。

「失われた子供の肉体」とは、私の考えるのに、聖母マリアに抱かれ、聖母マリアの乳を吸っている、あの裸体の幼児キリストのみずみずしい肉体である。それは、人生の出発点であり、人間の幸福の源泉でもあるものを、シンボリックに表現したものだと考えてもよい。それはまた、子供や大人のエロティシズムの根源だと言ってもよい。

すべての人間が、一度は失わねばならなかったものを、もう一度、源泉にさかのぼって発見しようというのが、要するに、人間の文化のはたらきである。音楽の喜びも絵画の喜びも、あるいは文学や学問の喜びも、この失われた至福の状態をふたたび見出そうという、人間の努力の結果にほかなるまい。

この私たちの永遠の憧憬である至福の源泉を、ゲーテは適切にも「母たちの国」と呼んだ。私たちはそれぞれ、いろいろな方法で、この「母たちの国」を探索している探検家なのだ、とも言えるのである。

母性とは、すべての子供にとっての至福の国だ、と定義するよりほかに、私には、うまい定義の言葉が見つかりそうもない。

そして母性を一つのイメージとして、母と子によって最も完璧に表現したものが、ヨーロッパに伝わる聖母子像ではあるまいか、と私は考える。

ボッティチェリの愁いにみちたマドンナも、ラファエロの明るい甘美なマドンナも、レオナルドの優雅な気品にあふれたマドンナも、ティツィアーノの官能的なマドンナも、あるいはピエロ・デラ・フランチェスカの威厳のあるマドンナも、ことごとく、この母子一体の至福の状態を表現しているのである。

私たちは、必ずしも宗教的な感動を味わわなくても、キリスト教の美しい聖母子像を、人間の根源的な幸福の表現として、十分に味わうことができるのではないかと思う。

とくにレオナルドの「授乳のマドンナ」は、私の最も好きな聖母子像の一つであるということを最後に申し添えておきたい。

過ぎにしかた恋しきもの

もしも私の手もとに、去年の夏のさかりを思い出させるドライフラワー、色あせた麦藁帽子、旅行記念の押し花、あるいは幼年時代に愛玩した縫いぐるみの動物の人形、すりきれたSPのレコード、青春の恋のかたみの手紙などといったものが、いくらかでも残っているならば、私はそれらの品々を眺めただけで、あたかもマルセル・プルーストがお菓子を紅茶に浸して食べようとした時のように、過去のイメージが眼前にぱっとひろがり、たちまち甘美な回想の波に運ばれてしまうことでもあろうに、残念ながら、私の手もとには、そういった情緒を誘い出す品々が一つとして残ってはいないのである。

原則として、思い出の品は手もとに残さないようにしている私であってみれば、それらの品に触発された、甘美な回想に浸るという一瞬の幸福もまた、私には無縁のものとならざるを得ないのだ。

もらった手紙はすべて、私が年末に焼き捨ててしまうのを常としているし、わが家の応接間のサイドボードの上の広口ガラス瓶に、女房の手で無雑作に突っこまれたドライフラワーの束は、埃にまみれて茶色になり、いったい何年前の花だったのか、それさえ確認するよすがもない始末である。同じサイドボードの上に並べてある大小とりどりの貝殻にしたところで、多くは友人知人にもらったものであるから、そこに思い出の情緒がまつわりつく余地は全くないと言ってよい。

それでは、私はドライフラワーや貝殻が好きではないのかと言うと、決してそんなことはない。好きでなければ、わざわざ部屋に飾ったりはしない。もちろんのことである。ただ、私が何より好きなのは、湿っぽい思い出やなつかしさの情緒に汚染されていない、からからに乾いた、硬質の物体なのである。その点から言えば、ドライフラワーや貝殻よりも、石やガラスの方がもっとよい。もっと私の趣味にぴったりする。ぴかぴかに磨きこまれた、純粋透明な無機質の物体には、じめじめした思い出などといった情緒は、さいわいなことに侵入してくる余地がないからである。

私は貝殻やガラスの球体を手にして、その形や色や触感を楽しみながら、過去の情緒ではなく、いつも現在の喜びを味わうのである。私は物体そのものを愛しているので、物体にまつわる思い出の情緒なんかは、どうでもよいのである。清少納言さんには申しわけないが、私は、「過ぎにしかた恋しきもの」を、なるべく自分の周囲から排除しようと、つねづね心がけているような種類の人間であるらしいのだ。

わが家の応接間の壁面や飾り棚には、古ぼけた埃だらけのドライフラワーや各種の貝殻のほかに、次のようなものが所狭きまでにごたごたと並べてある。すなわち、——

イタリアのデザイナー、エンツォ・マーリ氏の制作になる透明なプラスティック製の球体。中西夏之氏の制作になる巨大な卵のオブジェ。テヘラン旅行で買ってきた小さな卵形の大理石。フランドル派の絵に出てくるような凸面鏡。同じくイギリス製の凹面鏡。ガラスのプリズムや厚ぼったいレンズ。旧式の時計。青銅製の天文観測機《アストロラーブ》。スペインの剣。模型の髑髏。鎌倉の海岸で拾った犬の頭蓋骨や魚の骨。チュイルリー公園で拾ったマロニエの実。バビロンの廃墟で拾った三千年前の煉瓦の砕片。カブトガニ。クジラの牙。海胆《うに》の殻。菊目石《きくめいし》。ｅｔｃ．

これらのがらくたが、いずれもうっすらと埃をかぶって、古道具屋の店先のように、ごちゃごちゃ並んでいるのである。いずれも乾燥した硬質の物体で、私自身の過去の生活とはあまり関係がなく、とくに「過ぎにしかた」をしのばせるといったようなものではない。これらの収集は、いわば小さな自然博物館なのであって、個人的な思い出の品ではないのである。

私はこれらの品々に囲まれつつ、私自身もまた、やがて死んで、からからの骨になる自然の子なのだということを、たえず意識するだけなのである。

言葉を変えれば、私にとって「過ぎにしかた恋しきもの」とは、単なる個人的な思い出ではなく、なにか抽象的な、永遠を感じさせるようなものでなければならないような気がするのだ。

たとえば、私は初夏の街を歩く。白い光がペーヴメントの路上にあふれ、どの店も、赤と白の布の日除けを店先に張り出している。私は、その光と影のちらちらする日除けを見ると、去年の夏とか、一昨年の夏とかいったような特定の夏ではなく、鏡のなかに無限につづく像にも似た、永遠につづく夏を感じないわけにはいかないのだ。

あるいはまた、夏の海辺の町を歩いていて、夾竹桃の桃色の花のいっぱい咲いた垣根を見る。夏の午後はしんとしていて、海辺の喧騒もここまでは届かない。すると、やはり夾竹桃の桃色の花は、永遠の夏のさなかに咲き誇っているらしく、私の記憶の鏡のなかに、小さな小さな像を結ぶまでに、無限に連続して映し出されるのである。思うに、これが永遠のノスタルジアというものではあるまいか。

夏の休暇で、汽車に乗って田舎へ行く。私が少年のころには、むろん、まだ煙を出して走る汽車というものがあって、少し長時間の旅行といえば、汽車に乗って行くものときまっていた。汽車の窓から見る田舎の駅には、黒く焼いた木の柵のかげに、カンナの花が燃えるように咲いていて、私たちの目を楽しませた。汽車がゆっくり走り出し、だんだん速力を増してくると、沿線の林の蟬しぐれが、切れ切れに耳に残るのである。すでに日は傾いて、走る汽車の影の地面に長く伸びているのが、車窓から見える。——こういう夏を、私は何十回何百回、現実と夢のなかで経験したことであろう。これも私にとっては、少年時代の夏であるとともに、また不特定な永遠の夏のイメージでもあるのだ。

ここで、ふと私の思うことは、もしかしたら清少納言も私と同じように、好んで季節や自然の風物のなかに、あの永遠のノスタルジアを感じていたのではあるまいか、ということである。いわゆる「ものはづけ」によって、虫だの花だの鳥だの草木だのの名前を列挙し、これに短い詩のようなコメントをつけるといったエッセイの書き方は、私も大好きな方法であるし、それは、コレクションによって自然の博物館をつくろうという夢に、きわめて似ているような気がするからである。

そうだとすれば、私は前言を取り消して、「過ぎにしかた恋しきもの」を、私のコレクションの別名とすることにしてもよい。

雪の記憶

近況報告と言われても、十年一日のごとき平々凡々たる生活を送っているので、じつのところ、私の日常には、とり立てて書くべきことは何もないのである。今年は正月の松の内を過ぎてから、ふと思い立って、三泊四日の日程で北陸方面に遊び、雪景色をたっぷり眺めてきたことが、まあ、例年にない珍事と言えば言えるかもしれない。

金沢の町には、雪はあまり深く積もらないようである。降りしきる雪のなかに私が立ったのは、金沢から車で三十分ばかり南の山間部へ入ったところにある、鶴来《つるぎ》という町の白山比《しらやまひ》咩《め》神社の境内にきた時だった。

正月の三カ日には大へんな人出になるという、この中世に栄えた修験道の社も、私が詣でた時には、人っ子ひとり見あたらず、しんと静まり返っていた。折から杉並木の参道に牡丹雪が降りはじめた。文字通り、霏々として降りはじめたのである。

私は久しぶりに、それこそ何十年ぶりに、雪の美しさに酔ったような気分になった。天をふり仰いで、顔にあたる冷たい雪の感触を楽しんだ。口をあけると、口のなかにも雪片がとびこんでくる。こういう感覚は、たしかに子供の時分から、久しく忘れていたものだった。べつに昔はよく雪が降ったというわけでもなかろうに、どういうものか、近頃では、雪に親しむ機会がふっつり少なくなってしまったような気が私にはする。少なくとも私の場合は、そうなのである。

雪の記憶と言えば、私たちの世代の者に、どうしても忘れられないのが二・二六事件の思い出であろうが、私はまた、東京の焼け跡の上に降り積った昭和二十年敗戦前後の雪にも、言い知れぬノスタルジーを感じないわけには行かない。

もう十年ばかりも前、私はある雑誌に、「東京の焼け野原の雪景色は美しかった」と書いて、東京新聞の「大波小波」欄の匿名子から、「末期ローマン派の美しき愚論」とからかわれたことがあるけれども、近頃になって、このノスタルジーはますます強まってくるかのごとき塩梅なのである。

私はべつにローマン派ではないつもりだが、廃墟崇拝はローマン派に特有なものだ、と言われれば、なるほどと黙ってしまうよりほかあるまい。まして、この廃墟が雪の薄化粧をしているというのであってみれば！

まあよろしい。いずれにしても焼け野原は三十年前の幻影である。

私は鶴来の料理屋で、降りしきる雪を眺めながら、山菜と熊の肉を肴に熱燗の酒を酌んだ。酒の相手は、私たち夫婦と同行した、戦争も焼け跡も知らない二十代の若者夫婦である。

それにしても、雪というものに、何がなし私たちの感情を昂揚させる働きがあるらしいことだけは確かであろう。義士の討入りや桜田門外の変だけでなく、『高野聖』の老僧が幻妖な物語を語るのも、北陸は敦賀の雪の宿なのだ。私たちは今度の旅行で、敦賀には立ち寄らなかったけれども、福井から越前岬へ、越前岬から武生へというコースを選んだ。

越前岬の海辺の旅館の窓から、雪の降りしきる暗い日本海を眺めると、岩の上にいっぱい鷗がとまっている。その数十羽の鷗が、いずれも言い合わせたように、同じ一定の方向を向いているのが、私には何とも奇妙に思われた。群棲する鳥の本能であろうか。

たまたま飛んでいる一羽が、岩の上に翼を休めにきて、仲間に加わるような場合でも、その一羽は必ず、仲間と同じ方向を向いてとまるのである。人間に似ているじゃないか、と私は思った。

読書遍歴

死んだマッコウクジラの腸管内から、龍涎香という貴重な香料の採れることがある。極地の洞窟のなかに、生きていた時のままの姿で氷漬けになった、氷河時代のマンモスが発見される。マレー半島西岸のペナンに、蛇のいっぱい棲んでいる、通称「蛇寺」という仏教寺院がある。——少年時代の私が、こんな雑然たる知識の断片を得たのは、南洋一郎の『海洋冒険物語』を愛読したためであった。あの小説は、じつに面白かった。

今でも私は、インド学者の松山俊太郎と酒など飲んでいるとき、興いたると、突然、何の脈絡もなく、呪文でも唱えるように、「トルナスク！　トルナスク！」と叫び出すことがある。知らない者は何のことやら分らず、きょとんとしているよりほかはないのだが、これも『海洋冒険物語』に出てくるエピソードに関係があって、トルナスクとは、何をかくそう、極地のエスキモーたちが恐れている幽霊船なのだ。

私が得意の「トルナスク！」をやり出すと、松山俊太郎も得たりやおうと、ひときわ声を張りあげて、「怪外人ダブラ！」と応酬する。これは私の記憶にないのだが、何でも彼の言うところによると、山中峯太郎の小説に出てくる怪人物の名前なのだそうだ。

こんな幼稚なことを言い合って、嬉しそうに酒を飲んでいる昭和初年生まれの私たちを傍から眺めれば、さぞや馬鹿丸出しに見えることであろう。頭の程度を疑われても仕方があるまい。

山中峯太郎で思い出したが、名作『万国の王城』の主人公は龍彦という名前なのである。蒙古の旧都カラコルムで、ラマ教の活仏《ゲゲン》を相手に戦う成吉斯汗大王の末裔と、同じ名前であることを私はつねづね誇りに思っている。これも、かなり幼稚な発想だとは思うが、実感なのだから仕方がない。

それはさておき、かような取りとめない少年時代の読書体験にも、なかなか馬鹿にならないものがあると私は考えている。作者の文体とか癖とかいうものを、すでに私は愛読者として意識していて、もっぱらそれを楽しみながら読んでいたような気がするからだ。

たとえば、南洋一郎の猛獣狩小説の主人公が、虎とかライオンとかに襲われて、死の瀬戸際に追いつめられるとき、作者はほとんど必ず、「死だ！　私は観念した」といったような内心の叫びを発せしめるのである。密林の夜は「弱肉強食の生き地獄」で、ほとんど必ず、象がばしっぱしっと樹木を踏み倒しながら歩く音が聞えるのである。

一方、山中峯太郎の文章の癖で、私の気がついたことの一つは、「いまさき」という言葉を頻々と使うことだった。たとえば会話などで、「逃げたか？」「逃げました、いまさきに！」といったような調子である。それが面白くて、また出てこないかと、私は心待ちにするようになったものである。（嘘だと思ったら、峯太郎の本をしらべてごらんなさい。まさか、そんな閑人もいないだろうけれど。）

考えてみると、私は精神的に全く成長しておらず、四十歳の半ばに達した現在でも、相変らず、かつて冒険小説や猛獣狩小説を読んだような気持で、西洋の古典、たとえばプリニウスの『博物誌』だのトマス・ブラウンの『レリギオ・メディチ』だのを、好んで読んでいるのではないかとも疑われてくる。おそらく、その通りにちがいあるまい。

今ではふっつり足が遠ざかってしまったけれども、昭和二十一、二年ごろは、旧制高校の白線帽にマントをひるがえして、私もよく神田の古書店街を歩きまわったものだった。当時はまだ、洋書の輸入が自由化されていなかったので、もっぱら神田の古書店で、私たちはフランス文学の原書を求めなければならなかったからである。床が剝き出しの土のままの、戦後のバラックの古本屋を、私はなつかしく思い出す。

そのころ、十八歳の私が熱中していたのは、いわゆる両次大戦間の文学で、苦心して集めた本は多く散佚してしまったが、今でも私の書棚に残っている当時の本を幾つか挙げてみるならば、ピエール・マッコルラン『国際的ヴィナス』、ブレーズ・サンドラール『ダン・ヤックの告白』、イヴァン・ゴル『新しきオルフェ』などがある。ヴァレリー・ラルボーの翻訳したスペイン作家ガブリエル・ミロの本もある。これらの著者名は、私にとっては、まさに「なつかしのメロディー」なのである。

一時、私はイヴァン・ゴルが大好きで、その洒落たモダニズムふうの詩や戯曲をせっせと翻訳していたことがある、と言ったら、現在の私を知っている人は、びっくりするのではないだろうか。いや、しかし、私にもコクトーやシュペルヴィエルの翻訳があることを思えば、それほど奇異ではないかもしれない。

若年の私には妙な癖があって、自分の気に入った詩人や作家は、どうしても自分の翻訳によって、これを日本語に移してみたいという衝動に駆られるのだった。だから、出版されてはいないけれども、ひそかに私が手をつけている作品は、ほかにもまだまだある。もっとも、自分では習作のつもりでいたから、破棄してしまったものが大部分である、と急いでつけ加えておこう。

もはや紙数がないので、名前だけ書きつらねるが、そのほか若い私が好んで読んだ詩人には、モーリス・ロリナ、トリスタン・コルビエール、オスカール・ミロシュ、ルネ・ドーマルなどがある。しかし作家の名前を挙げていたら切りがない。実際、私の読書範囲はせまく、ようやく最近になって、前にも書いた十七世紀のトマス・ブラウン卿を発見して、有頂天になっている有様なのだから、お話にならない固陋頑冥さなのである。

Ⅲ

岡本かの子——あるいは女のナルシシズム

およそ正常な性生活あるいは結婚生活を送っている男にして、女のナルシシズムの手前勝手さに、手を焼いたことのない者はいないだろう。

女にとって、自分の立場から離れ、自分を客観的に眺めるということは、まさに駱駝の針の穴を通るよりもむずかしいことらしいのだ。近ごろでは、男のなかにもホモセクシュアルがふえて、女のナルシシズムにそっくりな、自分の肉体に密着した、きわめて主観的なナルシシズムをふりまわす輩が出てきているようだが、まあ、これは論外としよう。さしあたって私がここで論じなければならないのは、女流作家という不思議な存在である。むろん、女流作家も女の一種であるとすれば、女のナルシシズムの手前勝手さを免れるわけにはいくまい。それはおそらく生理的宿命というものだろう。そして、岡本かの子も女流作家のひとりであるとすれば、この事情にいささかも変りはないはずなのである。

そもそも私は何を言わんとしているのか。要するに、こういうことである。すなわち、岡本かの子は女の生理の宿命ともいうべき、女のナルシシズムの手前勝手さを十二分に持ち合わせていながら、しかもなお、あくまでこれを貫徹することによって、豁然として一個の独自な小説世界を切りひらいた、類まれな女流作家のひとりにほかならない、ということだ。

男が男の立場から女流作家の仕事を眺めるとき、一応、軽侮の目あるいは揶揄の目をもってするのは当然である。私は前に、「女流作家という不思議な存在」と書いたが、王朝の昔はいざ知らず、少なくとも近代小説の概念においては、「女流」と「作家」とは、そうそう簡単に結びつくものとも思われないからだ。何なら矛盾概念と言ってもよかろう。近代小説の大前提として、小説家の立場は男の立場ということになっているのである。だからボードレールのような、札つきの女流作家嫌いは次のように言う、「今日、文学的な仕事に身を投じている数多くの女たちのなかで、その仕事が彼女たちの家族や恋人にとっての悩みの種ではないにしても、少なくともそれが、女を畸形化する一種の男性的滑稽さによって汚されていない者は、きわめて稀である」と。

多少なりともボードレール的偏見（？）にとらわれている私たち男性一般は、したがって、この「一種の男性的滑稽さによって汚されていない」稀有なる女流作家、私たち男性の特質である精神に、よく匹敵し得るだけの情熱あるいは色気を具備している女流作家にたまたまぶつかると、つい、日ごろの嗜みを忘れて、欣喜雀躍してしまう傾向があるようだ。私たちは女流作家の鑑賞において、どうしても理知よりは情熱、精神よりは色気を好んでしまうものらしいのである。男のフェミニズムなんてものも、要するにそんなものだろう。そういう意味で、男の立場から惜しみなく、岡本かの子の文学を礼讃したのが石川淳であるが、このやり方は必ずしも夷斎先生の発明ではなく、先鞭をつけたのはフランスのボードレールであり、ボードレールは「ロマン派芸術」のなかで、前にも引用した通り、自分の大嫌いなジョルジュ・サンドを暗に諷しながら、その反対のタイプであるところの、情熱と色気のあふれんばかりな女流詩人マルスリーヌ・デボルド＝ヴァルモールを、まさに手ばなしで礼讃したのであった。

しかしよく考えてみると、岡本かの子のなかには、ボードレールの嫌いなジョルジュ・サンド的な女の要素が全くないわけではない。まあ、この問題はしばらく措いて先へすすもう。

女のナルシシズムの手前勝手さが、まず臆面もなく発揮されているのは、岡本かの子の記念すべきデビュー作となった『鶴は病みき』においてだろう。この小説のモデルとされる芥川龍之介に好意を寄せようと寄せまいと、これがあまりにも一面的な女の側からの観察でしかないことは、かくべつ小説読みの巧者でなくても、ただちに明らかになることではあるまいか。ただ、かの子の天与の才は、理知で勝ち誇った芥川の顔の裏に、いわゆる「自己満足の創痍」を見抜くことができたということだった。所詮、この勝負は男に勝ち目がないのである。私は芥川ほど神経質でも病的でもないつもりだが、それでもやはり男である以上、時として、自分の顔に「自己満足の創痍」があらわれるだろうと感じないわけにはいかない。女から見れば、そう見えるだろうと感じないわけにはいかない。

突拍子もない比較のように思われるかもしれないが、この男の「自己満足の創痍」というのは、あるいは射精後の虚脱感にも通じるものではあるまいかと私は思う。理知も性欲も、男の場合には突進して落下するのである。かの子が自分の仏教哲学によって、龍之介の自殺を救うことができると考えたとしたら、それは僭越も甚だしいという意見を述べるひともあるにはあるが、かの子の側から眺めれば、精神の射精をして、ぐったり力が抜けた男の背中を、ただ黙って撫でてやりたかっただけなのかもしれない。それが彼女の文学の基底だったのかもしれない。そう考えれば、女のナルシシズムの手前勝手さも、十分に埋め合わされるだけのやさしさを彼女は持っている、と見なすことができるのではあるまいか。かの子の文学には、何かそういった、男の内部の虚無を無理強いに満たしてしまうような、円いものがあるような気がする。理知のとげとげしさをやわらかく包みこんでしまう、女の肉体そのもののような、円いものである。

名作『母子叙情』のなかに、画家のピサロが自分の子供を働かせながら勉強させている、という噂話をパリ滞在中の女主人公が耳にして、それが自分の子供に対する教育方針と反対なものだから、あろうことか、ピサロの絵まで嫌いになってしまうというエピソードがある。何とまあ、勝手なひともあればあるものだと、私たち読者はほとほと呆れかえり、また可笑しくもなるが、女のナルシシズムの論理というのは、いつもこんな風に、自分だけでどんどん先へ突っ走ってしまうものなのである。置いてけぼりを食った男が、息を切らせながら、「おーい、ちょっと待ってくれ」と叫んでも、もう手遅れなのだ。

やさしさとは自分勝手の別名だということを、かの子は信じていたらしい。周囲の者にとっては迷惑この上なしだが、抱擁力とエゴイズムとは、彼女のなかでほとんど区別がついていないのである。女にとって、自己客観化ということがいかに難事であるかを、私はこの文章の冒頭に述べておいたが、かの子自身、このことはよく知っていたと思える節がある。初期の作品『鬼子母の愛』は、そのような意味から、かの子文学を解く一つの鍵ともなるものだろう。「生まれてから野竹のやうに、自分一途に伸びて居た鬼子母の心に、この自己の心理を客観化する事業の注文は随分無理であつた。彼女には別な自分などといふものが自分の中に有りそうにも思へなかつた。」

精神医学者の宮本忠雄氏の意見によると、自分の内部に別の人格が生じること、つまり多重人格や交代人格という現象を示すのは、新興宗教の女性教祖や、霊媒や巫子や、ヒステリー患者などといった女性がほとんどすべてである。これに対して、分身や二重身（ドッペルゲンガー）という現象を示すのは、文献によって調べる限り、圧倒的に男性の専有である。すなわち、「同じ人格分裂ではあっても、男は『もうひとりの自分』を外へ生み出し、女は自分自身が『もうひとりの自分』へと変身をとげる。ここに男女の想像力の差が決定的にあらわれている」という。私は、この傾聴すべき精神医学者の文章（「現代思想」一九七四年七月号）を読んで、なるほどと思った。ちょっとここで文学史的な註釈をつけ加えておけば、明治以後の日本の小説家のなかで、このドッペルゲンガー現象に異常な興味と不安をいだいていたのは、私の知る限り、泉鏡花と芥川龍之介の二人なのである。

『鶴は病みき』のなかに、作中の麻川氏（芥川）が、「洗面所の鏡の前へ停つて舌を出したり額を撫でたり、はては、にやにや笑ひ、べつかつこをした顔を写し、それを誰も知らないつもりで済まし返つて部屋へ引つ込んで行つた」というエピソードが作者によって報告されている。また、芥川が自殺の直前に書いた『歯車』（四、まだ？）には、「僕は久しぶりに鏡の前に立ち、まともに僕の影と向ひ合つた。僕の影も勿論微笑してゐた。僕はこの影を見つめてゐるうちに第二の僕のことを思ひ出した。第二の僕、——独逸人の所謂 Doppelgaenger は仕合せにも僕自身に見えたことはなかつた」とある。

岡本かの子には、おそらく、このような芥川の心理的不安は、終生、完全に無縁だったと思われる。自作のなかの鬼子母のように、「生まれてから野竹のやうに、自分一途に伸びて居た」かの子には、「別な自分などといふものが自分の中に有りそうにも思へなかつた」はずだからである。一般の通念とは逆に、鏡をのぞくことによって成立するナルシシズムの地獄というのは、むしろ男の専有ではないかと私には思われる。女のナルシシズムは、本質的には鏡を必要としないナルシシズムなのではないか。

かの子のナルシシズムは、どうやら私には、エゴイズムを突き抜けて同心円状にひろがってゆく、神話的な母性のごとき大きさのもののように思われてならない。彼女の肉体が円いように、彼女のナルシシズムの形も円いのである。宮本忠雄氏の表現にならって言えば、「もうひとりの自分」を外へ生み出すのではなく、自分の内部で、無限に再生産される「もうひとりの自分」を食って、無限に肥えてゆく円い自我というものを感じさせる。愛人も子供も、彼女にとっては、もっぱら自分の内部に取りこんでしまう「もうひとりの自分」なのだ。だから、ここではナルシスの鏡などは全く必要ではない。『鬼子母の愛』のなかから、次の示唆的な言葉を引いておこう。

「鬼子母はやっと判ったのである。仏陀の手よりわが児を受取るには、個人の母親としてより、もっと広い意味の母性としての掌を二つ並べなければならぬことを。」

「ぐい〳〵引き廻せる勝手放題の愛し方の出来るわが児といふものを失つたのは実に寂しい。然し世間中の子供をみな自分に繋ぐ事が出来るやうになつたのは、本当に賑やかで福々しい事だ。」

これが彼女の楽天的ないわゆる仏教哲学で、この信念は、多くの愛人に対しても息子に対しても、ついに彼女の一生を通じて変ることがなかった。初期の作品『鬼子母の愛』で、すでに彼女は自分の生涯の主題を的確に分析しているのである。

子供を食べてしまう鬼子母の欲望を、かの子はいみじくも「暴戻な愛の同化作用」と呼んでいる。なにか原始のカニバリズム（人肉嗜食）を思わせる、この怖ろしい神話的な母性の願望には、通常の意味の母性愛などとは、じつは大いに違った性質のものがあることを心得ておかねばなるまい。かの子におけるジョルジュ・サンド的な要素というのも、これに関係してくるかもしれない。私は前にかの子の「やさしさ」について述べたが、この「やさしさ」というのも、あえて言うならば、神話的な母性の怖ろしさと表裏一体のものであろう。母性は母性でも、岡本かの子のそれは、石田英一郎の『桃太郎の母』のなかに詳細綿密に分析されているところの、原始母神の母性なのだ。かの子の周囲に群がる子神は、あくまで大母神に従属する小男神でなければならず、彼らの死は、とりも直さず大母神の不死のための肥料となるのである。この母性の愛の怖ろしさについて、かの子自身は次のように述べている。

「あなたさまは自分のこどもに対して愛といふ言葉でお訊ねなさいました。おゝこれが愛なぞといふなま優しい言葉で言ひ現はされる心持ちでせうか。そんな事ではございません。自分と自分のこどもとの間柄はもつと必死です。呆れ返る程、あれは絶対のわたしなのです。」

周囲の子神を巻きこんで、波紋のように同心円状に拡大してゆく岡本かの子のナルシシズムの運動を、右の言葉は端的に要約しているだろう。亀井勝一郎はかの子を「川の妖精」と呼んだが、ここで、女性と水との関係（折口信夫のエッセーに「水の女」というのがある）を分析してみるのも面白かろう。

驚くべきことに、かの子のこの絶対のナルシシズムの運動は、作家として一本立ちになり、文壇の賞讃を浴びた数々の名作を世に送り出して後も、一向に衰えを見せず、最後まで燃えさかっていたように見える。むろん、かの子の小説作品としての質の高さは、自分のナルシシズムを表立てず、むしろこれを対象化したように見える作品、たとえば『花は勁し』『金魚撩乱』『老妓抄』『家霊』『河明り』『雛妓』『食魔』などの諸作品に、みごとに結晶して現われていると言えるのであるが、それでも、これらの作品のモティーフの核になっているのは、私には、彼女のナルシシズム以外の何物でもないように見えるのだ。

かの子は「自作案内」に『金魚撩乱』のテーマを解説して、「無意識にのびのびと美しさと美の生活を成長させていく女に、衷心愛着を感じつつ、一種の位負けから、男は捩れて行く。男は女に対する愛執と競争心から、その女以上の美を創造しようと生涯を賭ける」と書いているが、私は、この文章のなかに使われている「位負け」という言葉に注目せざるを得ない。彼女の生得の生命力崇拝、あるいは貴族主義が、この「位負け」という言葉のなかに、かなり露骨に籠められているような気がするからである。そして、これも女の側から見たナルシシズムの一形態だと考えれば、たしかにその通りにちがいなかろうと思われるからである。

『金魚撩乱』の復一もそうだが、このように、女の身についた生命力と矜持に対して「位負け」を感じる男の主人公は、かの子の他の作品にもたくさん出てくる。たとえば『花は勁し』の小布施もそうだし、『老妓抄』の柚木もそうである。『家霊』の徳永老人も、『食魔』の鼈四郎も、さらに男ではないが『雛妓』の雛妓かの子も、ある意味では、いずれも女主人公の童女のような生命力と矜持の輝きに、まぶしい位負けを意識して、作者の表現によれば「捩れて」行った者たちであろう。かの子の小説に芸妓、活花師匠、職人、料理教師、発明家、芸術家が頻出するのも偶然ではあるまい。女がその生命力と矜持を思うさま注ぎこむために、あるいは男がこれに精いっぱい対抗するために、一技一芸に邁進することはぜひとも必要だからである。そしてこれらが、みずから「芸術餓鬼」と称した作者の内面の反映、作者の鞏固なナルシシズムの反映であることは申すまでもあるまい。

だから、岡本かの子の文学の終生の主題である生命力崇拝と、旧家の一族意識に伴う度しがたい貴族主義は、これを心理学的に眺めれば、その基盤を女のナルシシズムに有し、これを人類学的に眺めれば、その基盤を神話的な母性願望に有していると考えて差支えなさそうに思われるのである。私はこの点を、すでにいろいろな面から検討してきたつもりである。

私自身の好みをはっきり言えば、むしろ私は、かの子の生命力崇拝が裏返しの形になってあらわれた、デカダンスの匂いの濃くする作品をとくに好む。『過去世』『蝙蝠』『食魔』の三つを挙げておこう。そう言えば、かの子文学の主題である古い血統の誇りは、同時に没落意識と不可分一体なので、デカダンスの匂いはあらゆる彼女の作品の表面に、うっすらとただよっているような気もする。

『過去世』は明らかに谷崎潤一郎の影響の認められる、草双紙のような頽廃の匂いのする異色作で、とくに美貌の兄弟同士のサド＝マゾヒスティックな言い争いのうちに、抑圧された若さと性欲の濛気がただよっており、これを三島由紀夫がとりわけ愛したというのも、なるほどと頷くことができる。小説の構成もよく出来ていて、最後に女主人公の口から、ぽつりと同性愛の兄弟心中の秘密を洩らさせるあたり、まことに心憎いものがあると言えよう。陰湿な兄弟喧嘩の有様を眺めている女主人公、雪子の「細胞には、他人のさういふ仕打ちの底の心理を察して羨むだけの旧家育ちの人間によくある、加虐性も被虐性も織り込まれてゐた」という。

『蝙蝠』は、やはり潤一郎風のノスタルジックな雰囲気を有しているものの、べつにどうということもない短篇だとは思うが、「煤黒い小動物の奇怪な神秘性」をノスタルジアの象徴として使っているという点で、動物小説の好きな私の感性に訴えかけてくるものがある。

生命力のシンボルとして動物を使うのは、志賀直哉や梶井基次郎の例によっても知られるごとく、日本文学の伝統ともなっているやり方であるが、かの子の場合には、もっと生理に密着したものがあったようだ。

『食魔』は、その三年前の短篇『呼ばれし乙女』と共通の状況設定であるが、主人公の貧窮の家庭生活風景を細々と描いたり、副主人公に癌で死ぬ奇矯な洋食店の主人を配したりすることによって、作品の厚みがぐっと増したかとも思われるところの、疑いもなく、かの子の傑作の一つに数えられるべき小説である。かの子の生命力主義は、一歩その方向を踏み外せばグロテスク、デカダンスに傾きかねない豊麗なもの、豪奢なものを本質的に含んでいる。『食魔』は、そうした傾向の見本のような作品だと考えてよいだろう。死の床にいる病人の頸部の腫物に人の顔を描くというエピソードは、とくに痛烈な人生のアイロニーとなっていて、私たちの記憶に長く残るだろう。

かの子の小説は、枯淡をもってよしとする日本文学の風土にはめずらしく、その女性特有のナルシシズムの豊麗潤沢をもって塗りたくり描きなぐった、装飾過剰のバロック的文体によって成立した文学と見立ててもよく、むしろ私などは、そうした谷崎潤一郎の系統をひく彼女の方にこそ、今日に読み返されるべき真価を認めたい。ナルシシズム、生命力崇拝、デカダンス、貴族主義、——これが岡本かの子の切りひらいた、修辞学的には危うく均衡を保っているようにしか見えない、バロック的な文体の小説世界を支えている四本の柱なのである。

魔道の学匠　日夏耿之介

つい二週間ばかり前、若い友人に誘われるままに、何となく思い立って自動車旅行に出かけ、天龍峡から大平峠を越えて木曾谷へ抜けたとき、たまたま飯田市を通過した。雨あがりの土に初秋の陽光が美しく零《こぼ》れ、農家の庭に林檎の樹が艶やかな赤い実をつけていた。林檎が生《な》っているのを実際に見たのは、この時が初めてである。私は、がたがた揺れる車のなかで、一度も会ったことのない日夏耿之介のことを考えていた。

おそらく私と同世代の文学者で、この詩人に親しく接することのできた者は、それほど多くはないのではないかと思う。私と詩人との年齢のひらきは約四十年である。四十歳も年の違う大先輩となると、もう遠くから仰ぎ見ているより仕方がない。どうも、そういうものらしい。それに、耿之介は昭和三十一年から、老いの身を養うべく故山の飯田に隠棲してしまっていた。さらでだに狷介孤高をもって聞えていたこの老碩学に、よしんば当方がいかに私淑の感情をいだいていたにもせよ、片々たる自著を送りつけるなどといった無礼はとても許されるものではなかった。

伝説かもしれないが、私はこんな話を聞いたことがある。——飯田の愛宕神社内の書屋に籠った晩年の耿之介は、送られてくる詩集その他の書物のうち、新仮名づかいのものには目を通しもせず、これを小窓から裏の川（天龍川かもしれない）に無造作にぽいと投げ捨てると、流れ流れてゆく書物の行方を見やりながら、「はっは、新仮名が流れてゆく」と言って笑うのを常とした、というのである。十年ばかり前、この話を私にしてくれたのは、岩波書店社友の俳人西島麦南氏であった。私は、そのとき同席していた詩人の加藤郁乎氏とともに、この絶妙な「新仮名が流れてゆく」に、腹をかかえて笑った記憶がある。

といっても、私自身、すでに新仮名づかいに慣れ親しんでしまった濁世の文人なのであるから、いわば自分で自分を笑っているようなものであり、これはどう考えても見好い図ではなかったにちがいない。

私が日夏耿之介の文学に近づくようになったのは、敗戦後の混乱期だったと思うが、その前に、すでに少年時代から、ワイルドの詩集や『サロメ』の翻訳などによって、この詩人の名前を知っていたということも言っておかねばなるまい。私は、敗戦直後の神田のバラックの古書店街をよく思い出すが、その頃、古本屋の棚の高いところには、きまって昭和初年に出た第一書房やアルスの豪華本が並んでいて、学生の私などには、なかなか手が出なかったものである。現在では想像もつかないほど、本の絶対数が少なかった時代であった。そんな時代の雰囲気と、日夏耿之介の名前とが、私の思い出の中では密接に結びついているのである。現実には貧しい時代であったが故に、想像世界は、いくらでも豪華に飾り立てることができたのかもしれなかった。

戦後も三十年近く経った現在でこそ、神秘主義思想やゴシック小説の個別的研究もようやく盛んになりつつあるが、少なくとも私などが、その方面に探索の手をのばそうと苦慮していた時分には、英国ロマン主義を中心とした耿之介の外国文学研究は、まことに貴重な魔道の世界への手引きであった。耿之介の本のなかに散見する異色の文学者の名前を、私は一つ一つ追跡して行った。ウィリアム・ベックフォードも、ジョン・ディーも、モンタギュ・サマーズも、アンドルー・ラングも、私がまず最初、耿之介の本の中から拾い出した名前であった。耿之介が最も好む十七世紀の散文家だというサア・トマス・ブラウンの『レリギオ・メディチ』のごときは、ようやく私が近頃、その面白さに目を開かせられ、座右に置いて愛読している本の一つなのである。こうしてみると、私はいまだに、耿之介の切り拓いた広大な魔道の世界の入口あたりで、うろうろしているということになるらしい。

私が『明治浪曼文学史』を読んだのは、もちろん、かなり後のことであるけれども、そのなかに泉鏡花との比較において、バルベー・ドルヴィリーの短篇集『レ・ディアボリック』のなかの「罪のなかの幸福」（耿之介流に書けば「罪障冥加」）の粗筋が、くわしく紹介されているのを見た時には驚いた。私は昭和三十年頃、そのことを少しも知らずに、自分でこの短篇を翻訳していたからである。なぜ翻訳したのかと言えば、バルベーの短篇集のなかで、これがいちばん好きだったからだと言うしかない。おそらく、耿之介もこれを愛したのだろうと思うと、私は自分の選択眼が間違っていなかったような気がして、ひどく嬉しくなるのである。ただ私としては、鏡花とドルヴィリーとを比較するのは筋違いで、むしろ鏡花に近い資質の作家はホフマンだと思っているのだが、これについては、すでに書いたこともある。

琥珀の虫　三島由紀夫

「私の思い出は虫入りの琥珀の虫」と三島戯曲のなかのサド侯爵夫人は言ったが、私の思い出のなかの三島由紀夫氏も、時日とともに、だんだん半透明の樹脂の内部に閉じこめられた虫のように、明確な形をとってきつつあるような気がする。死んでしまった人間が、「何故、あゝはつきりとしつかりとして来るんだらう」と言ったのは小林秀雄氏（「無常といふ事」）であったが、まったくその通りだと私も思う。

ともあれ、ここでは取りとめない思い出話を記して、月報執筆者の責を果そう。

昨今、時ならぬオカルト・ブームとやらで、若いひとたちのあいだにも狐狗狸《こっくり》さんなどが流行していると聞くが、今から十五年ばかり前、私は新築されたばかりの三島氏の家で、数人の同席者とともに、この狐狗狸さんの実験をやったことがある。

そもそも三島氏は神秘的、怪奇的なことが大へんにお好きで、そういう現象を御本人がどこまで信じていたのかは疑問であるが、顔を合わせれば大抵、幽霊だとか、空とぶ円盤だとか、心霊現象だとか、あるいは日本の平田神道だとかいったような、いわゆるオカルティズムの話題が出たものである。

三島氏の馬込の家が新築されたのは昭和三十四年五月であるから、私たち夫婦が奥野健男氏夫妻、画家の藤野一友氏夫妻とともに、初めて新邸に招かれたのは、それからほぼ二カ月後だったはずである。正確に言えば昭和三十四年七月二十九日の水曜日で、なぜ正確な日付を私がおぼえているのかというと、三島氏の招待状が私の手もとに残っているからだ。それは英文で印刷された招待状で、招待客の名前と日付だけ書きこめばよいような形式のカードだった。こんなものをわざわざ註文して作らせるところが、いかにも形式好みの三島氏らしいのである。

さて、蒸暑い七月の夜、三本の割箸を糸で縛り、三本のうちの二本の割箸の両端を、手拭いで目かくしをした三島夫人と奥野夫人が向い合って、手で支えた。二人のあいだにはテーブルがある。もし霊が現われれば、三本目の割箸が動いてテーブルを軽く叩くはずだった。

ふとった藤野一友氏が、額の汗をしきりにハンカチで拭いながら、豊川稲荷だか伏見稲荷だか忘れたが、お稲荷さんの霊を呼び出そうとして、しかつめらしい顔をして何度も呪文を唱えた。しかるに、霊は一向に現われなかった。

もしかしたら、三島家のロココ式の室内装飾や金ぴかの調度品に恐れをなして、狐の霊が二の足を踏んだのかもしれない。狐狗狸さんの実験をやるのにふさわしい場所でなかったことは確かである。役割を交替して何度もやったが、何度やっても無駄だった。

そのうち、沈黙を破って奥野夫人がぷっと噴き出した。無理もなかった。誰が見たって、この光景は可笑しいはずである。私だって、ともすれば笑い出したいのを我慢していたのだった。

「奥野夫人、不謹慎ですぞ！」三島氏がぎょろりと目をむいて、そのとき忿懣やる方ない声をあげた。もちろん冗談半分である。しかし、どうやら私たち六人のなかで、三島氏ひとりが大真面目だったような気がする。

三島氏はザインのひとではなくて、ゾルレンのひとだったと私はつくづく思う。神秘的現象を信じていたのではなくて、信じなければならなかったのである。こんな些細な、ほんのお遊びのような場合でも、その点では変りがなかったのだ。

ずいぶん前のことだが、たしか安部公房氏との対談で、生前の三島氏が、「おれには絶対に無意識というものがないのだ」と主張していたのを記憶しているが、これも同じ理窟で、自己が二つに分裂することを極端に怖れる三島氏にとって、無意識というものは、あってはならないものだったのである。あると思ってはいけないものだったのである。

しかし今や、三島氏には怖れるものは何もなくなった。みずから死を選び、ひとびとの記憶のなかで「虫入りの琥珀の虫」になってしまった三島氏は、ザインとゾルレンをぴったり一致させて、明確な美しい自己の形を保っているし、永遠に保ってゆくことであろう。

小林秀雄流に言えば、「まさに人間の形をしてゐるよ」ということになるのかもしれない。

花田清輝頌

その文章を一目見ただけで、それを書いた作者が誰であるか、たちどころに判別がつくといったような、自分の身についた思考の型（これがつまりスタイルというものだろう）を堅持している作家が、近ごろでは極端に少なくなり、ざっと見渡したところ、昭和十年代作家と呼ばれる七十歳の石川淳と、第一次戦後派と呼ばれる六十歳の花田清輝の、二人ぐらいになってしまったのではないかと考えていたのに、昨今、その一方の雄たる花田清輝の訃報に接して、私は暗然たる思いにならざるを得なかった。同じ痛恨の思いを嚙みしめているひとは、おそらく私ばかりではないと思う。

花田清輝は、徹頭徹尾、ペンとともに思考するタイプの作家であった。頭で考えたことを、ただペンがそのままなぞるというのではなく、あるいはまた、ペンだけが先走りして、頭の中味をどこかへ置いてけぼりにしてしまうというのでもなく、ペンと思考とが同じ速度で、紙の上に正確な軌跡を描きながら、精神の運動をダイナミックに定着してゆくのである。彫刻家が手で粘土を造形するように、画家が絵筆で一本の線に語らしめるように、花田清輝はペンの運動に思考のすべてを託した。思想と芸とを完全に一致させた。そうして自分の肉体は消去してしまったのである。もって範とすべき態度であろう。

そこらの大学教師や便利屋めいた評論家の賃仕事ならともかく、文学者である以上、これは当り前すぎるほど当り前の態度なのであるが、それが当り前のように見えなかったらしいのは、ともすると花田清輝が、現下の埃っぽい文壇では、得体の知れない政治的怪物のように見られたり、あるいはその反面、狷介な隠者のように見られたりする傾きがあったということによっても知られよう。世間の論理は逆なので、往々にして、こうした嗤うべきパラドックスが成立するのだ。

私はかつて「石川淳論」を書いたとき、「青年時代の伝記的な資料をみずから完全に抹殺し、虚構の生活の中に自己の肉身を韜晦しているという点では、おそらく石川淳氏は、第一次戦後派の花田清輝氏と双璧をなすだろう。私は、こうした態度をミスティフィカシオンと見るよりも、むしろ文学者としてきわめて尋常な、自己に対するきびしさのあらわれと見たいのである」と強調したことがあるが、ここでふたたび、この点を強調しておきたいと思う。

「思想と芸とを完全に一致させた」と私は前に書いたが、これは別の言葉で言えば――いささか流行おくれのヴォキャブラリーのような気がしないでもないが――アルティストとアルティザンとを統一させた、ということにほかなるまい。しかしそれにしても、伊藤整の文学理論が明るみに出した芸ということを、花田清輝ほど、強烈に意識していた作家は少なかったのではないかと私は思う。芸とは、そもそもアルスである。アルティストもアルティザンも、要するにアルスの派生語にすぎないのだ。芸こそ、それらの原形なのだ。

「どうやらわたしは、芸術家の一種らしいが、わたしのばあい、それは、いくらかアンマに似ている。『アンマ上下《かみしも》十六文』のあのアンマである。なぜなら、一方は精神の――他方は肉体のしこりを揉みほぐし、たとえ一時的にせよ、人びとをたのしませたいとねがっているからである」と花田清輝自身、『乱世今昔談』の「あとがき」に書いているけれども、私は何の誇張もなく、二十歳で『復興期の精神』の衝撃を受けて以来、四十歳半ばの今日にいたるまで、一貫して、花田清輝のアンマ芸によって楽しませられてきた、と告白することができるのである。

評者によっては、『復興期の精神』以来、花田清輝はみずから確立したスタイルに、がんじがらめに縛られて、かえって動きがとれなくなってしまったという意見をもつひともあろうが、私をして言わしむれば、あの独特のスタイルを自家薬籠中のものとすることによって、初めて彼の精神の自由な運動は保障されたのである。不思議なことに、「精神のしこりを揉みほぐす」レトリックのアンマ芸は、型にはまればはまるほど、そこに一種異様なユーモアを生じることがあった。平俗を恐れない、したたかな散文精神が光り出したようでもあった。「といって——だからといって」とか、「といったような気がしないこともない」とか、「しかし、まあ、そんなことはどうでもいいのだ」とかいった花田流レトリックの決まり文句を、虚心に面白がることができるような、精神の余裕をもちたいものだと私はつくづく思う。

『鳥獣戯話』の第二章「狐草紙」に出てくるオノマトペの卓抜さにも、私は初読の際、舌を巻いたおぼえがある。そこでは、たとえば笛の音が「フーロートルラ、ヒャウラウロー」という具合に表現されていたのであった。

最後に、花田文学の根柢を支える重要な要素の一つだと思われるものを、私は指摘しておきたい。それは何かと言うと、前にも書いたことがあるが、アレゴリーと寓話の精神なのである。これが花田清輝の思考法と結びついて、一つのものとなっているのである。花田清輝は博物誌や、童話や、ユートピア文学や、変形譚や、御伽草子の愛好家であった。彼が生涯にわたって、中世やルネッサンスの文化に関心をいだきつづけたのも、この意味から道理と言うべきなのである。

こころみに、数多い花田作品のなかから、その題名に動物の名前のついているものを挙げてみるがよい。猿と狐と梟を扱った『鳥獣戯話』は申すに及ばず、初期のエッセーのなかにも、たとえば「ブリダンの驢馬」「スカラベ・サクレ」「驢馬の耳」「笑い猫」があり、中期にも「雪男について」「蜀犬、日に吠ゆ」「良禽は木を選ぶ」があり、最後の『日本のルネッサンス人』のなかにも「琵琶湖の鮒」「カラスとサギ」「ナマズ考」がある。ちょっと考えただけでも、たちまちこれだけ思い浮かぶので、よく探せばもっとあるにちがいない。

『室町小説集』の「画人伝」には、百鬼夜行や付喪神《つくもがみ》の考証があり、「力婦伝」には、『古事記』に出てくる井光《いひか》、つまり古代の有尾人のエピソードが引用されている。『小説平家』には、御舎利の正体をダイヤモンドとする、作者一流の珍説が展開されている。いずれも寓話であり、博物誌であって、花田清輝は『復興期の精神』以来、一貫して寓話の語り手であったとする私の持論を、裏づけてくれるものとはなっている。

藤綱と中也
唐十郎について

戦前から鎌倉に縁の深かった小説家の故神西清氏が、昭和十一年十一月の日記に、「東照寺橋のほとり、滑川《なめりがわ》もっとも美はし、黄葉多く、水は妙に冷たく澄んでゐる」と書いているが、その美わしい滑川の東照寺橋（正しくは東勝寺橋）のほとりの借家に、私は終戦後ずっと、二十年近くも住んでいた。二階で貧乏ゆすりをすると、ぐらぐら棟ごと揺れるほどの、文字通りのあばら家で、トタン屋根の上には本当にペンペン草が生えていたのだから、まるで嘘みたいな話である。

この鎌倉の私の茅屋には、ひとを惹きつける不思議な魔力があったらしく、天才や豪傑や奇人や美男美女が雲のごとく集まった。大げさに言えば、六〇年代のアングラ文化の一部がここで形成されたとも言えるのである。ようやく状況劇場の活動が軌道にのり出した頃の唐十郎も、六〇年代の後半、ある日、この家に現われた人間のひとりであった。

初めて我が家へ現われた唐十郎に、私は二階の窓から、すぐ目の下に見える滑川の流れを指さして、

「あれが滑川だよ。今は水も少ないけれどね、颱風になると増水して、あふれそうになるんだ。ほら、太宰治の『新釈諸国噺』にも出てくるでしょう。例の青砥藤綱という朴念仁がお金を落したのは、伝説によると、あのあたりなんだ」と説明した。まるで観光バスのガイドのようである。

私と違って戦後育ちの唐十郎は、青砥藤綱なんか名前も知らないらしく、「へえ」とか何とか、気のない返事をしていた。

ここで、唐十郎と同じく戦後育ちの若い読者のために、ちょっと青砥藤綱という人物について説明しておくならば、彼は鎌倉幕府に仕えた役人で、夜、滑川に落した銭十文を拾うために、五十文で松明《たいまつ》十把を買って、大ぜいの人夫をやとって川を探させたというエピソードの持主なのである。ひとが笑って、「十文の銭を拾うのに五十文出すなんて、損ではないか」と言うと、藤綱は、「いや、川の底に沈んだ金は永久に失われてしまうが、商人に支払った五十文の金は、天下に通用しているから、大きな目で見れば損ではないのだ」と答えたという。要するに、青砥藤綱とは、天下の財を大切にすべきことを身をもって示した、戦前の修

身教科書的な人物だと思えば間違いないであろう。

太宰治は『諸国噺』のなかで、この堅苦しい、勤倹節約的な人物を大いにからかっているのである。

実際、私の家の前の東勝寺橋のほとりには、ここで青砥藤綱がお金を落したということを指示する、おそらく昭和の初め頃に建てられたとおぼしい、記念の石碑まで立っていたのだった。もちろん、歴史的根拠は何もない。そもそも藤綱という人物自身が、実在を疑われている伝説的な人物なのである。

まあ、そんなことはどうでもよろしいが、私はざっと以上のようなことを、唐十郎に語って聞かせてから、座敷に坐ってお茶を一杯飲み、それから今度は一転して、中原中也の話をしはじめた。

「中原中也はね、死ぬ少し前、鎌倉のこの近くをうろうろしていたんだよ。中也の親友がすぐそこの寺にいたんです。中也が最後に頭がおかしくなって死んだ病院も、この近くにありますよ。中也が小林秀雄と一緒に眺めたという、大きな海棠のある寺は、ちょっとここから遠いけれどね。」

私がなぜこんなことを唐十郎に話したのかというと、彼が以前から中原中也に関心があるらしいことを知っていたからである。唐十郎は次のように書いている。

「中原の表現したものは、詩とも、意志とも、精神ともいい難い、怨恨の肉化とでも名づけたいものになっているのかもしれない。」

唐十郎が初めて我が家へ現われた日、私は彼と酒を飲みながら何を話したか、十年近くも前のことなので、もうすっかり忘れてしまっているが、ただ、そのとき話題になった藤綱と中也のことだけは、いまだに記憶にとどめているのである。そして、それには理由があるのだ。

ところで、今まで書いてきたことは前置きであって、じつは、これからが私のこの文章の本題なのだと言ったら、はたして読者は驚くであろうか。前置きばかりがやたらに長くて、本題がほんの数行という有様では、まことに申しわけないような気がするけれども、まあ、その点は平に御容赦願いたい。

私の家で酒を飲んでから、しばらく経って唐十郎に会うと、驚くなかれ、彼はこんなことを言い出したのである。

「あのネ、澁澤さん、鎌倉のお宅の前にある、中原中也が財布を落したという川ね、あれ、何ていう川でしたっけね?」

私は開いた口がふさがらなかった。

唐十郎は、青砥藤綱と中原中也のエピソードを完全に混同し、私の話を勝手に継ぎはぎにして、何と言おうか、自分の愛する叙情詩人に関する、一篇の美しい幻想的なロマンのごときものを、すでに頭のなかで、でっちあげてしまっていたらしいのである！

お断わりしておくが、私はここで、唐十郎の妄想性のイマジネーションを笑っているのではない。それどころか、このことを思い出すたびに、私の胸は感動に打ち震えるのである。もしかしたら、唐十郎の天賦の才は、このような自分のでっちあげた夢のなかに、魚が水のなかに棲むように、いとも易々と棲めることではないだろうか、とさえ私は思うのである。

未来と過去のイヴ　四谷シモン個展

かつてギリシア彫刻の大理石は、その衣服、髪の毛、装身具などに鮮明な色が塗ってあったという。私はひそかに空想するが、それは当時のひとびとにとって、彫像とか芸術品とかいうよりも、まず第一に人形だったのではあるまいか。

私は、お行儀のよい芸術という概念から、少しばかり外れたような邪道の芸術作品が好きだ。なにか胡散くさくて、贋物めいていて、バロック的なところのある芸術作品が好きだ。もちろん、これにエロティシズムの要素が加われば、もう言うことなしである。

四谷シモンの人形は、古くてしかも新らしい、実物の少女よりもエロティックな、ギリシア以来の人工美女の純血種である。この生まれたばかりの「未来のイヴ」は、いわばブリジット・バルドーの顔をしたタナグラ人形であろう。あるいは、タナグラ人形の顔をしたブリジット・バルドーと言い変えてもよい。顔と肢体が無理なく接合しているように、古拙とモダーンが分かちがたく混淆して、ふしぎなエロティシズムを発散しているのを諸君は見ないだろうか。

この女の子のお臀には、きっと可愛らしい二つの笑窪があるにちがいない、と私は確信しているのである。

金井美恵子『兎』書評

「また見つかった、何が、永遠が……」という名高いランボーの詩句をもじって言えば、金井美恵子の小説の主題は、ことごとく、「また見つかった、何が、永遠の恋人が……」ということになるかもしれない。

いったい、この若い作者の意識のなかに、永遠の恋人という、いささか古めかしいイメージが、どういう風に定着しているのかは知る由もないけれども、『兎』という短篇集にふくまれる十五篇の物語が、すべて何らかの意味で、恋人探しの物語であることは注目に値しよう。つまり、物語は愛する対象の不在から出発するのである。

不在は必ずしも、愛する対象の失踪、別離、死からのみ結果するのではない。まだ一度も会ったことがなく、やがて自分の前に現われるであろう未来の恋人も、不在であることに変りはない。いや、自分にとって熟知の人間でも、ある日、突然、今までついぞ気がつかなかった、恋人としての相貌を現わさないとは誰にも断言し得まい。いわばユングの「アニマ」あるいは「アニムス」のようなイメージが、最も永遠の恋人たるにふさわしいイメージなのかもしれない。さればこそ、錯覚であれ何であれ、「また見つかった」という事態が限りなく発生するわけでもあろう。

もっとも、作者はドイツ浪曼派の亜流ではないから、この恋人の不在を契機として、魂の夜の部分、無意識のなかに深く降りて行こうとするわけではない。むしろ、この不在は、彼女の言語哲学の比喩だと考えた方がよさそうである。

「一つの観念に呪縛されることの愚鈍さの中で、彼女は生きていた。一人の男が彼女の中で観念になるためには、その男の不在が必要だった。」(「迷宮の星祭り」)

あるいはまた、同じ物語のなかの、次のような文章をごらんいただきたい。

「情人という特権的地位は《不在》に向って割りふられていたので、彼女は《不在》に向ってだけ、無料、あるいは、みつぐという娼婦の犠牲をはらえばよかった。ようするに、彼女はなかなかのしまり屋だったのである。」

世間では、こういう文章を観念臭芬々と称して排斥するらしいが、私は必ずしも、そうした世間の風潮に与さない。観念的という形容語が、もっぱらペジョラティフな意味合いでのみ用いられている現状を、私はつねづね苦々しく思っている。空疎な観念もあれば、緻密な観念もある。

右に引用した文章を、私は少しも解りにくいとは思っていないが、もしこれを世間一般の平べったい糞リアリズムの視点から見た文章の形に書き直すとすれば、さあ、どういうことになるか。ひとつ、私がサンプルを示してみよう。もとより、これはほんの座興であるから、さように御承知おき願いたい。

「彼女はがめつい娼婦だったから、あらゆる客から金をふんだくることを考えていた。ヒモもいないので、ロハで男に抱かれたり、金をみついだりして懐を痛める必要はないのだった。」

ざっとこんな具合である。これが糞リアリズムの文章で、一方、金井美恵子の観念的な文章では、《不在》を一つの実在と見なすことによって、視点がひっくりかえり、ポジがネガになる。こういう例は、私が引用した文章だけに限らない。彼女の駆使する言語の世界は、すべてこのように、実在を倒立させたネガの世界だと言ってもよい。

どうやら作者は終始一貫、《不在》の側に身を置いて、言語を操作しているように見受けられる。いや、というよりも、純粋に言語を操作しようという決意が、作者をして否応なく

《不在》の側に立たしめるのだ、と言った方が真相に近いだろう。物語における恋人の《不在》の主題が、作者の言語哲学に対応している、と私が前に書いたのは、以上のような理由からである。

もっとも、これは作者が散文を書きすすめる上に、表看板として採用した言語哲学を、私が私なりに推測したまでのことであって、こういう言語観に拠って作品を書いているからといって、それだけで無条件に作品が良く出来ている、ということではない。ただ、小説を書く者の基本的な姿勢として、何よりも言葉から、不在の側から出発するという方法を選んだ作者の姿勢に、私が共感をおぼえるということだけは言っておきたいと思う。

十五篇の物語のうちで、私がいちばん感心したのは、わずか七ページばかりの短い「母子像」という作品だった。

ひそかに愛し合う父と娘が、ある偶発事により、あたかもネガとポジを逆転するように、その愛情を明るみに出すことを知るようになる。しかし三転して、この父娘の関係は、さらに息子と母の甘美な関係になる。この二度の逆転の契機となるのは、いずれの場合も言葉である。ここでも、「また見つかった、何が、永遠が……」の旋律が鳴りひびく。言葉の上に組み立てられた小説的現実が、無限の鏡像のように、深い奥行きを暗示している。「母子像」

は私の好きな作品である。

どうも私の好みから言うと、人間関係やイメージの夾雑物が少なく、自己と他者の関係が、複雑な構造を見せながら、それだけですっきりと際立っているような作品、たとえば「母子像」以外では、「愛あるかぎり」のような作品が好ましく感じられる。この作品でも、男と女の関係が、記憶と願望のなかで二重三重の構造になっていて、最後にはすべての現実が、ひとりの女の暗い意識のなかに吸収されてしまうのである。

「兎」と「迷宮の星祭り」は、集中やや異色の作品で、それまでの作品の、どちらかと言えば抽象的な構図に息苦しさをおぼえはじめた作者が、物語のなかに、異質の要素と動きを導入しようと試みたもののように思われる。完成度から言えば前記の諸作に劣るが、おそらく、作者は今後、この方向に進むしかあるまい。アリスの世界のように、兎や猫の出てくる物語を、才気ある作者がもっともっと書いてくれることを私は期待したい。

アリスで思い出したが、金井美恵子の最も長所と言うべきは、女流作家にありがちな、即自的なナルシシズムから見事にふっ切れている点であろうと思われるが、この点については残念ながら触れている余裕がなかった。

中井英夫『悪夢の骨牌』書評

『虚無への供物』の中井英夫氏が、三年前の『幻想博物館』につづいて、ふたたび秀作『悪夢の骨牌』を発表したことを慶びたい。

これはごく上質のエンターテインメントであり、中井氏の才能は、生真面目な純文学ふうの作品におけるよりも、むしろこうしたエンターテインメントにおいて、のびのびと発揮されるらしいのである。想像力にも知性にも文体にも欠けた、貧寒たる文壇小説にいい加減うんざりした読者は、この『悪夢の骨牌』のページを繰ってみるがよい。おそらく、小説の楽しさというものを再発見することができるはずである。

一種の風変わりなSFとも考えられる『悪夢の骨牌』のなかで、中井氏が編み出した独創は、まず第一に、時間の再帰性という問題であろう。作者は小説世界を、一個の錯綜した時間の迷宮たらしめた。この迷宮のなかに一歩でも踏みこめば、私たちは果てしもなく「もうひとりの自分」に出遭わなければならない。あたかも鏡の向こう側から近づいてくるように、私たちの分身が未来から、あるいは過去から、現在の私たちの方へ向かって近づいてくるのを見なければならないのである。

このように、この小説では、時間が直線的に進行するのではなく、円環をなして進行する。未来が過去になり、過去が未来になる。ただ、ありふれたSFの時間旅行と違って、この小説の時間構造をより堅固なものたらしめているのは、そこに作者が心理的な要素を導入している点であろうと思われる。論理的な時間（因果律）が、心理的な時間（無意識）によって歪みを生ずるのである。

私たちは無意識のなかで、つねに現在あるがままの自分とは違った、べつの自分を生きている。無意識のなかでは、私たち人間はすべてドッペルゲンガーなのであり、ナルキッソスなのである。私たちの無意識の貯蔵庫には、実現されなかった欲望や挫折した意志が、死んだ胎児のように累々と積み重なっているのだ。時間の迷宮のなかで、私たちが出遭う「もうひとりの自分」とは、これを心理的にパラフレーズするならば、この死んだ胎児の生きかえった姿、グロテスクに成長した姿にほかならぬであろう。

ところで、中井英夫氏にとっての愛惜おく能わざる、巨大な一個の「死んだ胎児」ともいうべきものは、じつは日本の戦後そのものなのである。作者は情熱をこめて、死んだ戦後の東京をよみがえらせる。これは小説の空間にリアリティーをあたえるための手法でもあるが、また同時に目的でもあるだろう。作者は次のように書いている。

「ちょうど同じ角度から撮った震災直後の銀座通りと復興後のそれと、あるいは空襲後の瓦礫の街と現在と、さらにいえば明治初年ごろの赤煉瓦と瓦斯燈の街並みとがこともなく一つの空間に包含されているように、人間自体も体験した限りの失意も希望も一つに畳みこみ、いわば裏返しの空洞といった形で常時持ち歩いている以上、どんなはずみでそれがほどけ出して逆体験しないものでもない。」

だから、見方によれば、この小説は作者たる中井氏の逆体験、分身探し、つまり作者の戦後へのタイムマシンによる遡行なのだ。この小説のなかに、まぎれもない戦中派である作者の、戦後へのハースリーベ(憎悪愛)をふくんだ、痛切な嘆きの歌を聞きとらなければ、読者はこれを正しく読んだとは言えないのではないか。

私は中井氏より数年下であるが、戦前戦後の東京という、同じ一つの文化的環境を共有してきたつもりなので、この作者の嘆きの歌を、ことのほか身にしみて感じることができると申し添えておこう。また一般に信じられているほど、中井氏は芸術至上主義者ではないということも、ここに強調しておきたい。

『悪夢の骨牌』は、雑誌に連載された十二篇の短篇連作であるが、その構成に作者一流の工夫が凝らされていて、一月から十二月までの季節が盛りこまれているのも、小説の循環的な時間構造とよく見合っていて面白い。小説の最後が、ふたたび小説の発端に結びつくというアイデアは、いかにも時間の迷宮にふさわしいのである。

短篇連作といっても、全体が一つの長篇なので、十二篇のうちから最良の一作を選ぶのはむずかしいが、あえて私の好みにより一作を推すとすれば、集中のハイライトともいうべき八月の「緑の時間」であろう。タイムトンネルとフロイディズムを利用した新しいドッペルゲンガー物として、読む者に目まいのするような効果をあたえる、これはたしかに奇妙な傑作である。

江戸川乱歩『パノラマ島奇談』解説

江戸川乱歩作品のなかで、おそらく最も人口に膾炙しているのが『パノラマ島奇談』ではなかろうか。少年時代、ひそかにこれを読んで、そこに極彩色の筆で生ま生ましく描き出された、最も原始的な人間の欲望の開放された人工楽園の夢想に、なにやら後めたいような共感と反撥の感情を味わった経験のある者は、私ばかりではあるまい。かように、この作品は乱歩のベスト・スリーにほとんど必ず加えられるほどの、著者自身にとっても会心の作となっているらしいのであるが、このことについては、それなりの理由があると私は考えている。つまり、この『パノラマ島奇談』は、乱歩の夢想の最もストレートに開花した、稀に見る幸福な作品なのであって、そのなかに、いわば乱歩文学を一貫しているモティーフの原形ともいうべきものが読みとれるのだ。

私は前に、ある文章のなかで、乱歩文学を貫く千篇一律のモティーフとして、人形嗜好、メカニズム愛好、扮装欲、覗き趣味、ユートピア願望などといったものを数えあげたことがあるけれども、これらの志向を一括する文学的インファンティリズム（幼児型性格）は、何よりもまず、この作者の三十二歳当時の傑作『パノラマ島奇談』のなかに、堰を切ってあふれ出ている感じなのである。そういう意味で、この作品は、とかく著者自身にも気に入らないものが多かった当時の乱歩の長篇のなかで、作者が楽しみながら書いたことがはっきりと分る、めずらしい作品と言えるかもしれないのだ。

本文中にも記されている通り、この小説の主人公は若年からユートピア文学の愛好家で、とくにエドガー・ポーの『アルンハイムの地所』のような、「地上の楽園としての美の国、夢の国としての理想郷」に惹きつけられるが、これはそのまま、作者自身の生来の趣味の告白と言っても差支えないだろう。すなわち、私見によれば、『パノラマ島奇談』はポーの『アルンハイムの地所』の直接の影響のもとに書かれたのである。それと、もう一つ、忘れてならないのは谷崎潤一郎の影響であろう。まだ探偵作家として出発するより前の放浪時代、伊豆の温泉で、宿のつれづれに、ふと手にして読んだ潤一郎の『金色の死』について、乱歩は次のように書いている。

「私はこの小説がポーの『アルンハイムの地所』や『ランドアの屋敷』の着想に酷似して

いることをすぐに気づき、ああ日本にもこういう作家がいたのか、これなら日本の小説だって好きになれるぞと、殆んど狂喜したのであった。」（『探偵小説四十年』）

『金色の死』と『パノラマ島奇談』とは、実際、驚くほどよく似ている。浴槽のなかに大ぜいの裸女が跳ねまわっているという、エロティックな人工楽園のイメージまでが、そっくりなのである。直接の影響は、むしろポーより潤一郎の方から受けていたのかもしれない。ポーの『ランドアの屋敷』は、贅沢だけれども徹底的に簡素であって、ゴシック趣味という、一定の統一的な美学によって支配されているが、潤一郎と乱歩の人工楽園は、何がなし往時の浅草の花屋敷を思わせるような、徹底した俗悪ぶりであることも共通している。しかし私は、潤一郎のいかにも大正期の文学青年らしい、みじめな様式的混乱を露呈した、泰西美術の滅茶苦茶な導入よりも、乱歩の子供っぽい水族館やパノラマのメカニズムの方が、同じく俗悪とはいえ、まだしも美学的に許せるような気がしないこともない。少なくとも、『金色の死』よりは『パノラマ島奇談』の方が、詩的であることだけは確実なのだ。

ちなみに、水族館やパノラマといえば、どうしても思い出さないわけに行かないのは、あの密室のユートピアンともいうべき『さかしま』のデ・ゼッサントであるが、乱歩はユイスマンスを読んでいなかったようである。私の翻訳した『さかしま』が刊行されたのは、乱歩の死の三年前であった。

そもそも乱歩の小説には、生まれつき妙な気質、妙な趣味をもった男が、金と暇とに飽かせて、苦心惨澹の末、世人をあっと言わせるような、風変りな自分の夢想を実現するというパターンを示しているものが圧倒的に多く、『パノラマ島奇談』も、明らかにこの系列に属するものと言える。『鏡地獄』や『人間椅子』だって、そのヴァリエーションの一つと言えば言えないこともないのであって、メカニズム愛好とユートピア願望とは、これらの初期作品で、いつも手を結んでいる。おそらく、乱歩がいちばん書きたかったのは、このような大小さまざまなユートピアの夢想であって、煩雑な探偵小説としての筋やトリックではなかったはずなのだ。だから、探偵小説らしい筋もほとんどなく（最後に探偵が、コンクリートの壁から出ている千代子の髪の毛を発見するのは、いかにも取ってつけた感じである）、もっぱら気ままな人工楽園の夢想に耽溺した『パノラマ島奇談』が、『猫町』のユートピア詩人たる萩原朔太郎に絶讃されたというのも、もっともな話なのである。詩人はたぶん、乱歩の子供っぽい夢想、その童心の詩を愛したのだ。

私には、江戸川乱歩という作家のインファンティリズムは、疑い得ないように思われる。ただ、乱歩には破滅型の性格や、狂気に傾きやすい、情緒的に不安定な性格はほとんど見られなくて、むしろ実生活の上では用心深い、常識的かつ保守的な傾向が目立つのである。彼のコレクトマニア（収集癖）は、その残された厖大な蔵書や、有名な切り抜きの「貼雑年譜」や、あるいは古今の探偵小説の「類別トリック集成」などによって遺憾なく発揮されたが、こういう几帳面な丹念な性格も、インファンティリズムの一つの重要なあらわれと見ることができよう。無邪気なまでの残酷趣味については、言わずもがなである。そして『パノラマ島奇談』の真っ暗な、生ま温かい、濛々と湯気のたちこめた擂鉢の底の池は、私にはどうしても、マリー・ボナパルトがエドガー・ポーの諸作品において検証したような、ニルヴァーナ的な羊水のイメージを連想させずには措かないのである。それは、同じ頃の散文詩ふうの短篇『火星の運河』や、ずっと後年の長篇『大暗室』の結末とも、奇妙に通じ合う作者の気に入りのモティーフである。

ここで、私たちの誰もが気づかざるを得ない、きわめて興味深いことは、乱歩の描き出したユートピアが、世の常のそれとは異なって、ほとんど大部分、地底の暗黒世界だということであろう。よく出てくる水族館もパノラマも、乱歩にとっては一種の洞窟だったのではないかと考えられる。盲目のサディストが地底に営む淫靡な触覚世界の物語『盲獣』も、そうした意味では、同じ系列に属すると言えよう。これは特徴的なことであり、乱歩のユートピアの奇妙な退行的性格を物語るものでもあろう。

乱歩の空想世界においては、美の国も夢の国も、ボードレールが歌ったような「秩序と美と、豪奢と静けさと、逸楽のみ」の支配する国からは程遠く、ともすれば血みどろの幻影を伴った、サディズムとマゾヒズムの理想郷に場所を譲りがちであった。つまり、エロティシズムと悪の美を謳歌する、生物学主義のアンティ・ユートピアである。それは探偵小説や怪奇小説の時代的な要求と見事に合致して、この生真面目な幼児型性格の作者に、無限の再生産を強いることになった。しかし作者の最も初心の夢は、おそらく初期の『パノラマ島奇談』で、すでに十分に表現されつくしていたのである。

「小栗虫太郎・木々高太郎集」解説

小栗虫太郎と言えば、ただちに『黒死館殺人事件』の名を思い出すくらい、この作品は彼一代の傑作というにとどまらず、また日本の推理小説の歴史上にも屹立した、ちょっと他に類を見ない異色の作となっている。近頃、オカルト・ブームなどと呼ばれて、ヨーロッパの神秘主義思想や魔術や錬金術の伝統、つまり、一口に言ってオカルティズム（隠秘学）の伝統が、ようやく日本でも見直されるようになってきているけれども、すでに四十年前の昭和九年に、虫太郎が文字通り孤立無援の状態のなかで、オカルティズムの伝統の全く存在しない日本の風土に、本格的なオカルティズム小説を打ち樹てようという、まさに空中楼閣の建設にもひとしい超人的な力業を示して悪戦苦闘したことは、もっと世間に知られてよいことではあるまいかと私は思う。要するに、虫太郎は今日の流行の先駆者なのであり、評判の割りに読まれていないその作品は、もっともっと読まれてしかるべきなのである。

私は、戦後間もなく、高志書房という聞いたこともない出版社から、仙花紙のぺらぺらなページに印刷されて出版された、読みにくい上下二冊の単行本『黒死館殺人事件』によって、初めてこの作品に接した時の鮮烈な驚きを、今でもありありと思い出す。残念ながら現在、この本は私の手もとにないが、その後、私がオカルティズムの研究に深入りするようになったのも、ヨーロッパ中世の神秘主義的風土を愛好するようになったのも、もしかしたら、この時の読書体験が、私の無意識のなかで、大きな役割を演じていたからかもしれないのだ。推理小説だからといって、ゆめゆめ馬鹿にしてはならないと私は思う。

私は前に、桃源社版『黒死館殺人事件』(昭和四十五年)の解説を書いているので、いくらか重複することになるかもしれないが、まず、黒死館殺人事件の背景になっている歴史と、殺人事件の勃発する状況とを、簡単に要約してみたいと思う。

カテリナ・ディ・メディチの隠し子といわれる妖妃カペルロ・ビアンカと、天正遣欧使千々石《ちぢわ》清左衛門とのあいだに生まれた不義の子を始祖とする、不吉な血の遺伝をもった長崎の豪族、降矢木家の十三代目の当主医学博士鯉吉(算哲)が、明治十八年、ヨーロッパで結婚したフランス人の妻テレーズを慰めるために、神奈川県高座郡葭苅の在に建造した、「ボスフォラス以東に唯一つしかないと言われる」ケルト・ルネサンス様式の城館《シャトー》が、小説の舞台になっている、いわゆる黒死館であって、そこで次々に展開される四つの殺人と一つの自殺事件との背景に、この妖気の漂う城館に満たされた数々の歴史的な秘密と、これを建造せしめた故人算哲の悪魔的な意志とが、二重写しに透けて見えるような仕掛けになっているのである。

もう少しくわしく述べれば、この黒死館には、事件の起った当時、死んだ算哲の若い息子旗太郎、女性秘書、図書係り、執事、給仕長、召使のほかに、門外不出の絃楽四重奏団を形成している四人の外国人の男女が住んでいて、彼らは、物語の終局に近い部分で初めて明らかにされるのだが、算哲が実験遺伝学の証明のために、乳呑児のうちに外国から連れてきた刑死人の子たちなのである。さらに、算哲とその妻テレーズと、黒死館を設計したイギリス人の建築技師ディグスビイとを加えた三角関係が過去にあって、この建築技師の呪いのために、かつて黒死館殺人事件の前史ともいうべき三つの変死事件の惹起されたことが、物語の進展とともに明るみに出る。もう一つ、黒死館の蒼古たる謎の雰囲気をいやが上にも高めるために、作者によって配置された準登場人物ともいうべき存在は、いま述べた、算哲の死んだ妻テレーズを形どった無気味な自動人形なのである。……

こんな風に道具立てが揃ってみると、私のように西洋バロック好みの人間でなくても、何かこう、胸がわくわくしてくるような気分にはならないだろうか。門外不出の絃楽四重奏団といい、古拙な自動人形といい、私たちのエキゾティックな夢を託すには持ってこいのイメージであり、なおそのほかにも、たとえばバロック風の驚駭噴水《ウォーターサプライズ》だとか、古代時計室だとか、鐘鳴器《カルリロン》だとか、栄光の手だとか、ゲルベルトの月琴《タンブル》だとかいった、まことに魅力的な小道具の数々が、この『黒死館』一巻のなかには、作者によってふんだんに活用されているのである。

木々高太郎は、かつて旧「宝石」誌のインタビューに答えて、「『黒死館』に出てくるいろんな故事来歴、あれを本気にしてはいけませんよ。半分以上彼の創作ですよ」と言っているが、私をして言わしむれば、半分以上というのはいささか酷な気がしないでもない。私がしらべた範囲でも、読者をして一読三嘆せしめる、あの有名な名探偵法水麟太郎のペダントリー、おびただしい隠秘学や魔術や医学や心理学や犯罪学や文学関係の書物の引用、さては片仮名ルビ付きの外国語や固有名詞の恐るべき博引旁証は、高太郎の言うように、必ずしも半分以上が創作というわけではなく、ちゃんと事実に符合している箇所も多いのである。ただ、カペルロ・ビアンカがカテリナ・ディ・メディチの娘だなどというのは、どう考えても珍説としか言いようがないし、ウィチグスなどという聞きなれない名前の魔法道士が、十一世紀の法王シルヴェスター二世の側近に生きていたかどうかも、はなはだ疑わしいと申さねばならぬ。おそらく、典拠のある歴史的事実のなかに、モザイクのように、うまく虚構を嵌めこんだというのが真相であろう。そして、この方法は最大限に成功していると私は考えたい。

むろん、江戸川乱歩がすでに評したように、推理小説としての『黒死館』のトリックは装飾的かつ抽象的でありすぎ、そのため、「大部分が具体化に耐えない」という弱点はあろう。抽象論理とか超論理とかいう評語がよく使われるようであるが、私にはむしろ装飾的論理という言葉が最もふさわしいように思われる。要するに現実的ではないのである。しかし、それは私には必ずしも弱点のようには見えなくて、むしろ『黒死館』の決定的な弱点を言うならば、父親および四人の遺産相続者を殺害する犯人の動機の曖昧さなのである。つまり、犯人の残忍な嗜血癖の起因は、この作者独得の曖昧な心理学によってしか説明され得ないという、決定的な弱点があるような気がするのだ。もっとも、そのような点をいちいち詮議立てしていたら、それこそ小栗虫太郎の構築した絢爛たる虚構の宇宙、空中楼閣の大伽藍は一挙に崩壊してしまうことであろう。

じつのところ、私たちが虫太郎の『黒死館』に感じる最大の魅力は、トリックとか謎解きとかいった推理小説本来のそれよりも、むしろ作者の駆使するペダントリーに自由自在に引きまわされ、その奇妙なリズム感のある文体の魔力に捉えられて、いつしか中世風あるいはバロック風な一大迷宮の世界に踏み迷い、そうした雰囲気に思うさま陶酔するということにあるのではなかろうか。読者の知力の参加を要求する推理小説本来の行き方とは違って、虫太郎の小説は、あたかも作者が専制君主のように、カリスマのように、私たちを呪縛し、魅了し、かつ慴伏せしめるのだ。本来の推理小説が民主主義的な装いを凝らしているとすれば、こちらは明らかに独裁主義的、専制主義的でもあろう。叛逆者や不平分子は、神聖虫太郎帝国から追放されるしかないのである。

乱歩の『探偵小説四十年』によると、太平洋戦争中、彼の知り合いの若い探偵小説愛好家は、召集されて戦地へ出かけるとき、ただ一冊、すでに幾度も読み返した『黒死館殺人事件』を背嚢のなかへ入れて行ったという。聖書よりも、『善の研究』よりも、パスカルの『パンセ』よりも、この奇特な青年にとっては、神聖虫太郎帝国の銅版画風な幻影の方が、はるかに大事だったらしいのである。「人生いかに生くべきか」よりも、知的遊戯やパラドックスの方が大事だったらしいのである。虫太郎の文学には、他の誰の文学よりも、このような熱狂的なファンを生み出すべき素地があると考えて差支えあるまい。かく申す私も、その一人であったということを忘れずに告白しておきたいと思う。

＊

早世した小栗虫太郎のそれにくらべると、つい近年の死にいたるまで続いていた木々高太郎の多彩な文学活動には、私はそれほど親しんでいるとは言えない。かつて年少の頃、『人生の阿呆』『折芦』などの名作を読んだ記憶があるにはあるが、残念ながら、今ではその細部をはっきりおぼえているとは言いがたい。しかし今度、本全集に収録される長短三篇、すなわち『わが女学生時代の罪』『網膜脈視症』『睡り人形』などを読んでみて、この知的な作家の特徴を、おぼろげながら把握することができたのではないかと考えている。

それを一口に説明するのはむずかしいけれども、多くの評家が一致して認める高太郎のロマンティシズム、高太郎の理想主義というもののなかに、私は何か、一直線に生理学に還元し得るようなものがあるのではないか、という気がしたのである。簡単に言えば、精神と肉体の対立ということである。むろん、それには大脳生理学者として一家をなしていた林髞氏の名声が、幾分かは影響しているかもしれない。あるいはまた、ジャーナリズムを騒がせた有名な彼の人生二回結婚説が、私の所説に関係してくるかもしれない。しかし、それだけではない。私は、マルキ・ド・サドの『ジュスティーヌ』の本邦における最初の翻訳者（翻訳は「三田文学」に発表された。ただしドイツ語からの重訳である）としての木々高太郎を、どうしてもここで問題とせざるを得ないし、精神分析学を初めて推理小説に応用して成功した木々高太郎をも、同じく問題としないわけにはいかないのである。

収録された三篇のなかで、作品の出来栄えはともかくとして、私がいちばん心を惹かれたのは、作者の最も初期の短篇に属する『睡り人形』であった。これは一種のピグマリオニズム（人形愛）から、ついにネクロフィリア（屍体愛）の犯罪にまで到達する狂気の理想主義者（？）の異常な物語であって、この作者一流の即物的な叙述はまことに淡々としているけれども、作者の頭の中における精神と肉体の相関関係が、最も鮮明な形で露呈されたものと考えられる。孤独な男性の愛と性の欲望の秘密を、作者はこのさりげない短篇のなかに盛りこみたかっただけなのであって、決して単に煽情的な物語をねらったわけではあるまい。それが証拠に、ここでは作者の筆が周到に選んだ生理学的なリアリズムによって、通俗的なエロティシズムの効果がほとんど失われているのである。

たとえば本文中に、「松子はもはや私を払いのけることをしない。ときどき、刺戟が強いと眼をポッカリあけるけれども、羞恥のために身をかがめることもしない。（一八〇字削除）わたしはこの不思議な排尿反射に驚喜した」とあるが、この睡り人形の危険な尿閉を阻止する具体的な方法については、全く何も語られていないのである。それでも、ここで問題になっている「方法」なるものが、エロティックな方法にちがいないことは、どんなぼんやり屋さんにも薄々気がつくことではないだろうか。

同じように、普通の書き方をすれば、ひどくエロティックにならざるを得ないような内容を、ごくさりげなく、五、六行の文章で表現したような例が、長篇『わが女学生時代の罪』の終局近くにもある。これは本篇の女主人公の肉体の重大な秘密の一つであって、女主人公の精神分析や、ひいては犯罪事件解決のための決定的な鍵ともなるものだから、本来ならば、もっとくわしく、読者に十分納得がいくように書くべきはずなのに、あえて作者はこれを採らない。煽情的な描写を慎しむことを念願とした地下の作者に叱られるかもしれないが、私が作者に代ってこれを具体的に説明すれば、およそ次のようになるだろう。すなわち、互いに肉体的な愛撫を交わしていた二人の女性同性愛者の一人が、たまたま男性と肉体交渉をもったために、その男性の精虫が、一人の女性の膣を経由して、もう一人の女性の膣へ侵入することになった、というわけである。こういう奇怪な例が、どのくらいの可能性で現実に起り得るものかは、むろん、私には論ずる資格がない。

言うまでもなく、高太郎の代表作としても差支えない秀作である『わが女学生時代の罪』

は、単に私がいま述べたような、女性同性愛の生理学的追求のみを意図したものではなく、本書に収められたもう一つの短篇、作者の記念すべき処女作である『網膜脈視症』とともに、高太郎の若年よりの関心事であった精神分析学を主要なテーマとし、これと四つに組んだ長篇力作と考えなければならぬ。とくに、作者はこの小説に、従来の「精神分析学者たちの定説を超えたオリジナルな考え方」を入れたとして、これを「精神分析学者たちへの挑戦でもある」と自負している。そのいわゆるオリジナリティーは、この小説の終曲である女主人公の告白、つまり「自己分析」というところに示されているのでもあろうが、遺憾ながら、最後に登場する、例によって例のごとき大心池博士の明快すぎる断定によって、読者には推理のサスペンスが十分に満喫されないという、一種のもどかしさが残る。

　精神分析学をテーマとした小説としては、推理小説ではないけれども、やはり評判になった三島由紀夫の『音楽』という作品を私は思い出すが、これもまた、女主人公の幼時体験の回想と、彼女の精神分析治療の過程とが、対応しながら交互に展開してゆくという体裁をとった小説であった。私は『音楽』の書評で、推理小説のようだと悪口を書いたことがあるけれども、どうやら推理小説と精神分析学とは、本質的に似ているのである。つまり、どちらにも最初に謎があり、謎の解けてゆく過程があり、最後には必ず解決があるという点で、この両者は似ているのだ。似ていないのは……たぶん人生そのものであろう。人生には、無責任な死よりほかに解決がないのである。

唐十郎『盲導犬』解説

あるとき、唐十郎から電話があった。受話器のなかから響いてくる唐十郎の声は、いつもよく澄んだ、はずむような晴朗な声音である。

「あのネ、澁澤さん、今度ぼくの書く戯曲のなかに、ホラ、あの『犬狼都市』に出てくる犬、ファキイルってのがありましたネ、あれを使わせてくれませんか。」

私がほぼ十五年前に書いた小説『犬狼都市』は、エジプト神話を勝手に改竄した一種の貴種流離譚のようなものだったが、正直のところ、自分でも、それほどよく出来た作品だとは思っていない。貴種流離譚というのは、多くの場合、ふしぎな動物が出てきて主人公の難儀を助けるが、この『犬狼都市』では、そのふしぎな動物に当るのが北アメリカ産のコヨーテ(狼の一種)、すなわち、私が名づけたところのファキイルなのである。私は、拙い小説ではありながら、自分の作品に出てくる愛着の深い動物が、唐十郎の新鮮な戯曲のなかで奇蹟的

によみがえって、テント小屋の舞台の上を幽鬼のように飛びまわることになったならば、どんなに愉快だろうかと考えて、

「ははあ、それはおもしろい。どうぞ使ってください、煮るなり焼くなりご随意に……」

と答えたことをおぼえている。

こうして書かれたのが、本書に収められた作品の一つ『盲導犬』だった。だから『盲導犬』は、私の『犬狼都市』のいわば後日譚なのであり、と同時に、バルザックが三文作家のアイディアを盗んで、これを玲瓏たる作品に仕上げたように、純然たる唐作品にもなっているというわけだ。

＊

私と唐十郎とのつき合いは、すでにかなり長い。

初めて出会ったのは、もう何年前であろうか、目黒に住む伝説的な暗黒舞踏の教祖、私の親しい友人である土方巽の稽古場の二階、——いや、二階というよりも、それはオペラ劇場のボックスみたいに中二階に張り出した、奇妙に宙ぶらりんの空間であった。どういう風の吹きまわしだったのか、唐十郎はそこに、きちんとドレス・アップして、形のよい卵のよう

な顔を輝かせて登場した。まるで悪魔が美少年紳士に化けたような感じである。「これはただの人間ではないな」と私は心中に思った。

唐十郎の面貌のなかで、何よりも印象的なのは、前にも述べたように、その卵のような形のよい顔の輪郭と、さらにもう一つ、物に憑かれたような、現実と夢との見境いがつかないような、何ともふしぎなガラスのような無機質の目である。思うに、幼時に「汚れちまった悲しみ」を見てしまった人間は、それ以後、こういうガラスの目で生きることを運命づけられるのであろう。ちなみに、唐十郎は中也が好きなのである。

それで思い出したが、かつて、これも私の友人のインド文学者松山俊太郎が、ふらりと唐十郎宅を訪れると、唐十郎はたったひとりで、両手を水平にひろげ、あたかも鳥が空を飛ぶような恰好をして、ふらふら廊下をさまよっているので、いったい何をしているのだと松山が問うと、唐十郎は澄まして、「飛んでいるのです」と答えたという。「あの男には、現実と夢との区別がないのじゃないかな」と松山は呆れたような顔をして、後日、私に語ったものである。

私が最初に見た状況劇場の芝居は、たぶん、もう十年近くも前に、新宿の日立ホールという小さな古ぼけたホールで演じられた、初期の唐作品『アリババ』であったと思うから、これまた、ずいぶん昔の話であると申さねばなるまい。

七十年代の今日、夢の島や上野不忍池のテント劇場で大入り満員をつづけている状況劇場としては、まさに隔世の感ありと言おうか、まるで考えられないことであるが、その時の日立ホールの客席は、がらがらに空いていて、私はそこで持参の折詰めをひろげ、ヘルス・センターの観客よろしく、酒を飲みながら芝居を見たのをおぼえている。

それで又しても思い出すのだが、あの寒風吹きすさぶ野外の戸山ハイツで『腰巻お仙』を見た時も、これは寒くてかなわないと予想したので、私は用意周到に、剣菱の一升瓶と紙コップを持って行った。——状況劇場の創世記の思い出は、このように、まことに懐かしくも楽しいイメージと結びついているのである。それは最近十年間の東京の歴史そのものである。

あの狭い新宿のピット・イン(『ジョン・シルバー』公演)の、熱気にみちた、むんむんしたような雰囲気も、一歩そこから外へ出れば、いつも冷たい師走の風が吹きすさんでいたような気がするが、これは私だけの錯覚であろうか。ともあれ、状況劇場の芝居は、野外公演であると否とを問わず、つねに風の吹きさらしの中で行われていたというイメージを、古くからの観客を自任している私としては、抜き去りがたく印象づけられているのだ。

エピソードや思い出話ばかりで終らせるわけにも行かないだろうから、ここらで、唐十郎の戯曲作品の本質ともいうべきものを、私なりに一言で剔出してみたいと思う。もっとも、今まで述べてきたエピソードも、必ずしも、それらと無関係ではないのだということを言い添えておこう。

＊

私は前に、『盲導犬』の由来について語りながら、折口信夫の好んで使った貴種流離譚という言葉を用いたが、考えようによっては、唐十郎のすべての作品が、いわば陋巷の貴種流離譚とでも呼ばれればぴったりするような、切ないまでに甘美なノスタルジアの雰囲気のなかにどっぷり浸ったものではないだろうか。陋巷の貴種流離譚とは、いわば東京の下町のどぶ板の上に降り立ったオデュッセウスの物語である。折口信夫の解説を俟つまでもなく、日本の悲しいメロドラマの原型は、おおむね貴種流離の物語にほかならないのであり、唐十郎の独創は、この私たちの深層意識の奥底に眠っている抒情の神経組織を、ナンセンスとギャグを混えた鍼《はり》のような前衛的手法によって、ちくりちくりと微妙に刺激する方法を編み出したということに尽きるのではないだろうか。そう、唐十郎は天才的なリリシズムの鍼師なのである。

このような唐十郎の作品世界に特有な一つの雰囲気を、私はかつて「親なし子のさすらい」と名づけたことがあったが、むろん、わが国の中世のお伽草子にしばしば見られる、こうした親なし子の遍歴の物語を、私たちは昔からよく知っているのであり、それもまた、貴種流離の一つのヴァリエーションにほかならないことを知っているのだ。登場人物はおのがじし、失われたものを求めている。忘れたものを思い出そうとしている。別れたものにふたたびめぐり会おうとしている。とはいえ、その失われたものとは、忘れたものとは、別れたものとは、いったい何なのだ？　それらはともすると、その根を引き抜かれて、都会の迷宮のなかで、本人にさえ忘れられているのではないか？

唐十郎の劇は、いわば記憶喪失者のような人物たちが舞台の上を右往左往しながら、ナンセンスでちぐはぐなやりとりを繰り返しているうちに、突然、そのなかの一人物が天啓のように、「そうだ、思い出したぞ、あれだ！」と叫び出すとき、電流のようなリリシズムによって舞台ぜんたいが貫通されるという、一見したところ複雑のように見えながら、じつはきわめて単純な構造をもつところの劇である。唐十郎のたくみな作劇術によって、私たちの集合的無意識が連続して小爆発を起すとき、ほとんど身をよじりたくなるようなロマンティシズムが場内を支配する。

電流のようなリリシズム、身をよじりたくなるようなロマンティシズム、切ないほど甘美なノスタルジア、――こんな美辞麗句を書きつらねながら、私はハムレットのように、「言葉、言葉、言葉」の空しさを感じている。もちろん、失われたもの、忘れられたもの、別れたものとは、要するに私たちの少年時代であり「母」なのだ、と簡単に定義してしまっても一向に差支えはないのである。

私は、つい調子にのって、唐十郎の芝居の抒情性をあまりにも強調しすぎたかもしれない。しかしながら、この広い東京に数ある劇団の芝居のなかで、私が最も素朴な観客のひとりになり切ることができるのは、状況劇場のそれを措いては他にないのだということを、最後にあらためて強調しておきたいと思う。

アルティストとアルティザン　池田満寿夫について

私は銅版画が大そう好きなので、銅版画家の友人を何人か持っているが、なぜ銅版画が好きなのかと言えば、少なくともその一つの理由は、そこに職人のイメージが結びついているからではあるまいか、と考えている。じつは、何をかくそう、私自身も職人のつもりでいるのである。

わが池田満寿夫にも、たしかに職人的なところがないことはないが、ただ、彼の場合には、江戸の職人の伝統ともいうべき気むずかしさ、偏屈さがほとんどない。これは池田満寿夫の何よりの特徴であって、たぶん、彼が国際的な名声を博するようになったのも、この日本の伝統から見事にふっ切れた性格が、大きく物を言っているのではあるまいか。

満寿夫は自分でしばしばアーティストという言葉を使う。私などには、とても気恥ずかしくて使えない外国語のヴォキャブラリーであるが、彼はこれを、いとも平然と口にする。そこには、ふてぶてしさというよりも、むしろからっとした、無邪気なものをさえ感じさせる。池田満寿夫とは、要するに、そういう男なのである。

私などには、アーティストよりも職人の方が、よほどカッコイイと思われるのに、どうやら満寿夫には、アーティストの方がカッコよく見えるらしいのだ。

彼に初めて出会ったのはいつのことだったか、もうはっきりと記憶してはいないが、たしか十年以上前、場所は赤坂の草月会館だったと思う。そこから私たちはぞろぞろ連れ立って、新宿あたりの飲み屋に繰りこんだのではなかったろうか。加藤郁乎、土方巽、加納光於、富岡多恵子、白石かずこ、野中ユリ、こんな連中がいつも一緒だった。まだ新宿西口に迷路のような飲み屋横町のある頃だった。この初対面以来、私たちは場所こそ異なれ、互いに何度酒を酌み交わし、何度たわいない議論に時の経つのを忘れたことか、それこそ数え切れないくらいである。

ある正月のごときは、鎌倉の私の家で酒を飲んでいる真最中、その杯盤狼藉のなかへ、ちょうど三島由紀夫が飛びこんできたこともある。池田満寿夫と三島とでは、何とも珍妙な取り合わせとしか言いようがなく、いったいどうなることかとホストの私は心配したが、まあ、和気藹々のうちに一晩を過ごしたのは慶賀の至りであった。

前にも述べたように、池田満寿夫はいわゆる職人気質というのではなく、どちらかと言えば人づき合いのよい方であるが、それでも、自分の芸術上あるいは人生上の信念に反する意見に対しては、きわめて頑固に譲らない男であり、うるさい男である。

迷惑が及ぶといけないから名前は出さないが、ある画家の評価に関して、私たちの仲間が満寿夫ひとりを相手にして、えんえん数時間に及ぶ議論を戦わせたのは、酒の上のこととはいえ、考えてみれば馬鹿馬鹿しい話であった。池田満寿夫は終始一貫、「次元が違うよ」とうそぶいて、その画家と自分とのあいだには、越えがたい一線があることを主張するのである。私たち一同、これには呆れはててしまった。

「次元が違うよ」という名台詞は、それからしばらく、私たちのあいだの流行り言葉になった。

また、こんなことがあったのをおぼえている。満寿夫が新式の金属製のパイプを得意然と吸っているので、パイプに関しては玄人をもって自任している私が、「そんな新式のパイプはだめだ。やはりパイプはブライヤー、しかもダンヒルがいちばんだ」と放言したのが事の起りで、またもや大議論が展開されたのである。

「それじゃいったい、ダンヒルが良いというのは、どういうところが良いのだ？　一言で答えてくれ」と満寿夫が激昂して迫った。

「文明だよ」と私が軽く一蹴した。

毒気をぬかれた満寿夫が、一瞬後にアハハハハと笑い出し、

「まいったな。文明か。こいつはまいった」と頭をかいた。

この文明論争を戦わせながら、私の頭をちらっと掠めたのは、かつて石川淳のエッセーのなかで読んだことのある、作者と坂口安吾が海苔の焼き方について論争したというエピソードであった。池田満寿夫には幾らか、坂口安吾流の子供っぽい文明否定、伝統無視の精神があるように思われた。メティエを尊重することにかけては人後に落ちないくせに、しかもみずからアーティストをもって任じている。このへんに、池田満寿夫の芸術家としての秘密がありそうな気がした。

あとがき

比較的近年に書いた文章のなかから、単行本未収録のものを探してみたところ、こんな文字通りの雑文集が出来あがった。第一部には美術評論、第三部には作家論や書評めいたものを集めたが、中心の第二部には、旅行記あり映画評あり随筆あり、さては婦人雑誌やＰＲ誌のための解説的文章ありで、まことにヴァラエティーに富んだものになってしまった。

巻頭に掲げた中近東旅行の写真は、昭和四十六年九月、著者と行を共にした「太陽」編集部の祐乗坊英昭氏の撮影になるものである。使用を快諾してくれた同氏に、心より御礼を申し上げる。

昭和五十年三月一日

澁澤龍彦

初出一覧

ビザンティンの薄明　あるいはギュスターヴ・モローの偏執　「みづゑ」昭和四十八年九月
キリコ、反近代主義の亡霊　「三彩」昭和四十八年十二月
幻想美術とは何か　「芸術新潮」昭和四十六年十二月
千夜一夜物語紀行　「太陽」昭和四十六年十二月
フランスのサロン　「キング&クイーン」（三越レディスクラブ機関誌）昭和四十八年八月より十二月まで
オカルティズムについて　「月刊百科」昭和四十九年八月
シェイクスピアと魔術　「劇」（現代演劇協会機関誌）昭和四十八年五月
「エクソシスト」あるいは映画憑きと映画祓い　「映画芸術」昭和四十九年六月
毒薬と一角獣　「家庭医学」昭和四十八年九月
絵本について　「絵本の世界」（らくだ出版デザイン株式会社）昭和四十八年七月
聖母子像について　「すてきなおかあさん」昭和四十九年一月
過ぎにしかた恋しきもの　「流行通信」昭和四十九年七月
雪の記憶　「現代の眼」昭和四十九年三月
読書遍歴　「週刊読書人」昭和四十九年四月八日

岡本かの子　あるいは女のナルシシズム　岡本かの子全集（冬樹社）第一巻付録・昭和四十九年九月
魔道の学匠　日夏耿之介全集（河出書房新社）第七巻月報・昭和四十九年一月
琥珀の虫　三島由紀夫全集（新潮社）第二巻付録・昭和四十九年十月
花田清輝頌　『箱の話』（潮出版社）しおり・昭和四十九年十一月
藤綱と中也　別冊新評「唐十郎の世界」昭和四十九年十月
未来と過去のイヴ　四谷シモン人形展パンフレット（青木画廊）昭和四十八年十月
金井美恵子『兎』書評　「文芸展望」昭和四十九年四月
中井英夫『悪夢の骨牌』書評　「朝日ジャーナル」昭和四十九年二月十五日
江戸川乱歩『パノラマ島奇談』解説　角川文庫・昭和四十九年七月
「小栗虫太郎・木々高太郎集」解説　昭和国民文学全集（筑摩書房）第十四巻・昭和四十九年七月
唐十郎『盲導犬』解説　角川文庫・昭和四十九年八月
アルティストとアルティザン　池田満寿夫『思考する魚』（番町書房）挟みこみパンフレット・昭和四十九年十一月

[著者]
澁澤龍彦（しぶさわ・たつひこ）
作家、フランス文学者。1928年東京生まれ。本名は龍雄。東京大学仏文科卒業。マルキ・ド・サドの著作をはじめ、マニエリスムやシュルレアリスムといった異色の文学や美術、思想を紹介し、1960年代以降の日本の文化や芸術に大きな影響を与えた。その著作は、博物誌的エッセイから幻想小説まで幅広い。1981年、『唐草物語』（河出文庫）で泉鏡花文学賞、没後の1988年に『高丘親王航海記』（文春文庫）で読売文学賞小説賞を受賞。その他の主な著作に、『黒魔術の手帖』『毒薬の手帖』『秘密結社の手帖』『夢の宇宙誌』『幻想の画廊から』『胡桃の中の世界』『思考の紋章学』『記憶の遠近法』『ドラコニア綺譚集』『ねむり姫』『うつろ舟』『私のプリニウス』（以上、河出文庫）、『フローラ逍遙』（平凡社ライブラリー）、翻訳に J. コクトー『大胯びらき』、J. K. ユイスマンス『さかしま』（以上、河出文庫）、『マルキ・ド・サド選集』全6巻（桃源社）、A. ジャリ『超男性』（白水社）など。その著作は『澁澤龍彦全集』全22巻・別巻2巻に、翻訳作品は『澁澤龍彦翻訳全集』全15巻・別巻1巻（ともに河出書房新社）にそれぞれまとめられている。1987年8月、下咽頭癌による頸動脈瘤破裂のため死去。享年59。

平凡社ライブラリー 862

貝殻《かいがら》と頭蓋骨《ずがいこつ》

発行日…………2017年12月 8 日　初版第 1 刷

著者……………澁澤龍彦
発行者…………下中美都
発行所…………株式会社平凡社
〒101-0051　東京都千代田区神田神保町3-29
電話　(03)3230-6579［編集］
(03)3230-6573［営業］
振替　00180-0-29639

印刷・製本……株式会社東京印書館
ＤＴＰ…………大連拓思科技有限公司＋平凡社制作
装幀……………中垣信夫

ISBN978-4-582-76862-6
NDC分類番号914.6　B 6 変型判(16.0cm)　総ページ264

平凡社ホームページ http://www.heibonsha.co.jp/

平凡社ライブラリー　既刊より